Waterland

Van dezelfde auteur

All-inclusive
De vlucht
Zomertijd
Cruise
Après-ski
De suite
Zwarte piste
Bella Italia
Noorderlicht
Bon Bini Beach
Het chalet
Route du soleil
Winterberg
Goudkust
Mont Blanc
Costa del Sol
Sneeuwengelen
Hittegolf
Lawinegevaar
Het paradijs
Winternacht
Super de luxe
IJskoud
Het strandhuis
Zuidenwind
De eilanden
Sneeuwexpress
Lentevuur
Souvenir

Volg Suzanne Vermeer op:
Facebook.com/SuzanneVermeerFanpage
www.suzannevermeer.nl
www.awbruna.nl

Suzanne Vermeer

Waterland

A.W. Bruna Uitgevers

Omslagontwerp
Wil Immink Design

ISBN 978 94 005 1249 8
NUR 332

Tweede druk, juli 2020

Proloog

Als iemand je zou vragen: 'Kun je jezelf recht in de spiegel aankijken?', wat zou dan je antwoord zijn? Mijn antwoord op die vraag is: nee. Met dikke vette hoofdletters. Soms sta je op een tweesprong in je leven, een keerpunt. Ik wist diep vanbinnen dat de weg die ik koos, de afslag die ik nam, doodlopend was. Ik kon niet verder, maar er was ook geen weg meer terug. Dat laatste heb ik mezelf heel lang wijsgemaakt. Het was de enige manier om door te gaan met mijn leven, om te óverleven. Soms zet je in je onschuld iets in gang met desastreuze gevolgen die je van tevoren nooit had zien aankomen. Je stoot per ongeluk tegen één dominosteentje en de hele boel dondert om. Geen houden meer aan. Dat overkwam mij een jaar of tien geleden. Amper achttien jaar jong, een heel leven voor me en toen ging het mis. Door mij is er iemand dood. Iemand om wie ik veel gaf. Er gaat geen dag voorbij dat ik niet aan haar denk. Er gaat geen dag voorbij dat ik me niet schuldig voel. Ik heb de trekker niet zelf overgehaald, bij wijze van spreken, maar de kogel wel geleverd. Dat is bijna net zo erg. Dus nee, ik kan mezelf niet recht aankijken in de spiegel.

Ik heb alles wat er is gebeurd zo veel mogelijk achter me gelaten. Ik dacht dat ik ervoor kon vluchten, mijn geheim zo diep kon wegstoppen dat ik het bijna zou vergeten. Dat het makkelijker zou zijn om ermee te leven door weg te gaan uit die verstikkende omgeving waar ik nauwelijks adem kon halen en die me vrijwel dagelijks confronteerde met wat ik had gedaan. Niets was minder waar en na vandaag weet ik dat al helemaal zeker. De dreigementen zijn serieus. Het was ook naïef om te denken dat ze me nooit zouden vinden. Maar ze hebben me gevonden, hier op deze plek waar ik me veilig waande. De een gedreven door spijt, de ander door rancune en hebzucht. Om verder te kunnen met mijn leven zal ik moeten terugkeren naar waar het ooit begon. Ik heb geen keus, anders vallen er nog meer slachtoffers. Om een toekomst te hebben, zal ik eerst moeten afrekenen met het verleden en de consequenties daarvan moeten aanvaarden. Hoe erg die ook zijn. Als ik niet ga, is mijn leven voorbij. Als ik wel ga ook. Ik kies voor het laatste. Ik wil, ik móét het juiste doen. Een soort moreel besef met terugwerkende kracht. Bovendien ben ik het zat om bang te zijn. Ik heb lang genoeg in angst geleefd en dat moet stoppen. Wegkijken kan niet meer. Ik ga proberen de dominosteentjes weer rechtop te zetten zodat ik niet meer achterom hoef te kijken.

Met een harde klap gooi ik mijn koffer dicht als ik de wielen van de taxi hoor knerpen op de oprit. Ik kus mijn man vaarwel met een brok in mijn keel. Ik weet niet of ik hem ooit nog terugzie.

Deel 1
Italië en Nederland

1

April 2007

'Hé, is dat niet die gast die vorige week ook al kwijlend aan de bar zat?' Amy stoot Lotte aan en duwt haar wat naar voren. 'Ik denk dat hij liever door jou wordt bediend dan door mij.'

Er verschijnt een triomfantelijk lachje op Lottes gezicht. 'Zie ik er een beetje uit?' Ze gooit haar golvende blonde haren over haar rechterschouder.

'Als ik op vrouwen viel, dan zou ik het wel weten,' antwoordt haar hartsvriendin met een knipoog, terwijl ze haar nog eens een subtiel zetje in de rug richting de tap geeft. 'En ja, het is een lekker ding. Laat hem niet uitdrogen.'

Lotte schraapt haar keel voordat ze de jongen aan de bar aanspreekt. Ze is een beetje schor omdat ze al de hele avond moet schreeuwen om boven de harde muziek uit te komen. 'Kan ik iets voor je doen?' vraagt ze, terwijl ze licht voorover-buigt en haar handen op de vochtige toog legt.

De jongen kijkt haar met grote blauwe ogen aan en er gaat een schok door haar heen.

'Of je iets voor me kunt doen? Dat denk ik wel ja, maar laten we maar eens beginnen met een biertje.'

Hij lacht naar haar op een manier die haar in vuur en vlam zet. *Geen geflikflooi met klanten*, hoort ze haar baas Martin in gedachten zeggen. *Iedereen in mijn kroeg is belangrijk en iedereen krijgt evenveel aandacht. Knap, lelijk, jong of oud, iedere klant is koning.*

Met trillende handen pakt ze een glas en tapt een biertje met een perfecte schuimlaag. Met een klap zet ze het op de toog terwijl de discoklassieker 'One for You, One for Me' van La Bionda uit de speakers schalt. De jongen pakt het biertje op net als het refrein wordt ingezet. Hij zingt de woorden mee terwijl hij eerst naar Lotte wijst en dan naar zichzelf. Ze begrijpt de hint, tapt nog een biertje en tikt haar glas tegen het zijne. Daarna neemt ze een grote slok en likt het schuim verleidelijk van haar lippen. Hij kijkt haar doordringend aan en wenkt haar. Ze buigt voorover om hem beter te kunnen verstaan, maar tegen haar verwachting in zegt hij niks. In plaats daarvan strijkt hij met zijn duim over haar mondhoek.

'Daar zat nog een restje,' fluistert hij in haar oor.

Ze krijgt kippenvel nu hij zo dichtbij is dat ze zijn adem op haar huid voelt. Ze probeert cool te reageren, alsof het haar niks doet, maar ze weet dat ze verkocht is. Deze jongen zet haar in vuur en vlam zoals nog geen enkele andere jongen tot nu toe heeft gedaan. Hij heeft iets rebels over zich wat ze ontzettend aantrekkelijk vindt. Zijn kortgeschoren donkere haar dat afsteekt tegen zijn bleke huid, geeft hem een woeste uitstraling. Maar die ogen, die intens blauwe ogen, hebben ook iets liefs, iets zachts. Dat contrast maakt het moeilijk om in te schatten of hij een van de goodguys is of een van de badguys, en de spanning die dat met zich meebrengt spreekt haar aan. Lotte is zelf keurig in een hokje te plaatsen en dat begint haar steeds meer te beklemmen, maar deze jongen ziet eruit alsof hij als een houdini zal weten te ontsnappen uit welk hokje dan ook. Dat is wat Lotte ook wil. Uitbreken. Steeds vaker droomt ze erover om te ontsnappen aan het bekrompen Dordrecht waar ze al haar hele leven woont en alles en iedereen kent. Om weg te gaan uit Nederland, dat kikkerlandje met zijn dubbele moraal.

Met een scheef glimlachje rond zijn mond steekt de jongen zijn hand uit en ze pakt hem aan. Zijn huid is vochtig van de condens die op zijn glas zit.

'Ik ben Rick.'

'Lotte,' stelt ze zichzelf voor.

'Een Lotte uit de loterij,' zegt hij met een serieus gezicht.

Amy staat naast haar een biertje te tappen voor een andere klant en stoot haar aan met een blik alsof ze braakneigingen heeft. Lotte buigt zich naar haar toe.

'Wat?' vraagt ze.

'"Een Lotte uit de loterij"? Pfff... zo suf heb ik ze niet vaak gehoord. Hij is leuker als hij zijn mond houdt.'

'Zo erg was het nou toch ook weer niet?'

'Lotte, *come on*!'

'Dames, ik betaal jullie niet om te kletsen,' klinkt de zware, doorrookte stem van Martin achter hen.

Amy hervat haar werk bij de tap en Lotte keert terug naar Rick om zijn betaling in ontvangst te nemen. Hij schuift haar een bierviltje met muntgeld toe. Precies gepast, geen fooi, ziet ze in een oogopslag. Teleurgesteld schraapt ze de munten van het viltje en dan pas ziet ze dat er een telefoonnummer op staat. Met een glimlach steekt ze het viltje in haar achterzak.

'*One for you...*' zingt Rick, terwijl hij haar een ander viltje met een pen toeschuift. '*One for me...*'

Hij tikt met zijn vinger op het bierviltje en wanneer ze haar nummer erop heeft gekrabbeld, grist hij het van de toog en verdwijnt in de massa, met zijn biertje in zijn hand en zonder nog verder om te kijken.

Even heeft Lotte de neiging om hem achterna te gaan, maar wanneer ze Martin in haar nek voelt hijgen bedenkt ze zich. De angst dat ze Rick nooit meer terug zal zien bekruipt haar. Laat ze nu een kans lopen? Maar dan voelt ze het bierviltje in haar kontzak en realiseert ze zich dat ze hem gewoon kan bellen. Als ze het lef heeft. En als het telefoonnummer dat hij heeft opgeschreven ook daadwerkelijk aan hem toebehoort en hij haar niet voor de gek heeft gehouden.

De rest van de avond ziet Lotte Rick niet meer terug. Tussen haar drukke werkzaamheden door laat ze haar ogen af en toe over het kroegpubliek gaan, maar hij is op het eerste gezicht nergens meer te bekennen. Als het tegen sluitingstijd loopt en de kroeg langzaam leegstroomt, moet ze tot haar teleurstelling concluderen dat hij inderdaad weg is.

Wanneer de laatste bezoekers zijn vertrokken, poetst ze samen met Amy de toog, maakt ze de toiletten schoon en veegt ze de vloer. Als ook alle glazen schoon zijn, klaar voor de volgende dag, schudt Amy de fooienpot leeg op een tafeltje en telt hem uit.

'Veertig keiharde euro's,' zegt ze vergenoegd. Ze wisselt het muntgeld om voor twee twintigjes en steekt Lotte er eentje toe. 'One for you, one for me,' zingt ze plagend.

Lotte bloost en geeft haar een duw.

'Oei, wat zijn we touchy,' reageert Amy met een gemaakt stemmetje, terwijl ze zich lachend uit de voeten maakt met de opbrengst van de avond.

'Je bent gewoon *jealous*!' roept Lotte haar vriendin na.

Ze volgt Amy naar een voor het publiek afgesloten kamertje waar hun jassen aan een kapstok hangen en Martin een sigaret zit te roken. Amy trekt een vies gezicht en wappert demonstratief de rook weg terwijl ze de kassa voor hem neerzet.

'Ik kan dit melden bij de NVWA, hè. Volgens de tabakswet heb ik recht op een rookvrije werkplek. O, en bovendien laat je me illegaal veel te veel uren werken.'

Martin neemt eerst een diepe teug voordat hij antwoord geeft. 'Moet je doen, de NVWA inschakelen, dan heb jij vanaf morgen geen baantje meer. Ben je meteen ook van je illegale overuren af.'

'Jij gaat mij echt niet ontslaan. Het gros van je klanten komt om mij in actie te zien.'

'Weer een zak bijdehandjes gegeten zeker?'

'Ja, als voorgerecht bij jouw clicheetjes.'

'Zo kan-ie wel weer. Wegwezen, dames. Deze oude man wil even rustig genieten van zijn sigaretje.' Hij wuift ongeduldig met zijn hand richting de deur.

'Tot volgende week, Martin,' groet Lotte hem.

'Als je dan nog leeft,' vult Amy haar vriendin mierzoet aan, terwijl ze zijn gerook imiteert. Martin komt dreigend omhoog uit zijn stoel en Amy maakt dat ze wegkomt. Lotte holt zonder om te kijken achter haar aan.

Giechelend rennen ze naar buiten de heldere aprilnacht in. Een zoete wietlucht komt hun tegemoet van een groepje aangeschoten jongens dat onder een lantaarnpaal staat te roken. Als ze wat beter kijkt, ziet Lotte dat Rick ertussen staat en ze houdt ongemerkt haar adem even in. Precies op dat moment draait hij zich om en hun ogen vinden elkaar. Terwijl hij zijn ogen samenknijpt en een hijs neemt van zijn joint, wordt Lotte licht in haar hoofd. Ze heeft pas door dat ze stilstaat, wanneer Amy ongeduldig aan haar arm begint te trekken.

Rick maakt zich los uit het groepje en loopt naar hen toe.

'Wacht even,' sist ze haar vriendin toe terwijl Rick steeds dichterbij komt. Als hij haar tot op een halve meter is genaderd, pakt hij de joint tussen zijn duim en wijsvinger en steekt hem haar toe. Lotte pakt hem aan en stopt hem terug tussen zijn lippen.

'One for you, *not* for me. Ik doe niet aan drugs.'

'Je vriendin dan?'

'Die vriendin heet Amy en nee, die doet ook niet aan drugs.' Amy snuift afkeurend terwijl ze eraan toevoegt: 'Ik ben al chill van mezelf, daar heb ik die troep niet voor nodig. Ga je mee, Lot?'

'Ik had eigenlijk andere plannen met Lotte.' Rick kijkt uitdagend naar Amy.

'En heeft Lotte daar zelf ook nog wat over te zeggen?' Amy wordt feller. Ergens streelt het Lottes ego wel dat er een stille strijd om haar wordt gevoerd. Als ze Rick vraagt wat voor plannen hij dan met haar heeft, neemt Amy haar verlies voordat hij kan antwoorden.

'Je moet doen wat je niet laten kunt, Lot, maar ik ga pitten. Jij hebt morgen vrij, maar ik heb dan weer bardienst.' Ze loopt achterwaarts bij Rick en Lotte vandaan.

'Wacht even, Eem, één minuutje.'

Haar vriendin blijft stilstaan en kijkt verveeld om zich heen.

'Ik had iets heel bijzonders in gedachten,' verklaart Rick zich nader. 'Wat zou je denken van een romantisch nachtelijk boottochtje in De Biesbosch? Dan kunnen we elkaar wat beter leren kennen. Een vriend van me heeft daar een roeibootje in de haven liggen dat ik mag lenen.'

Lotte krijgt kriebels in haar buik.

'Je bent hartstikke gek als je dat doet,' bemoeit Amy zich ermee. 'Wat is er mis met gewoon een drankje doen?'

Lotte vraagt Rick om even te wachten en neemt haar vriendin apart. 'Jemig Eem, je lijkt mijn moeder wel,' fluistert ze.

'Wie zegt dat die gozer te vertrouwen is? Je kent hem helemaal niet en die vriendjes van hem zijn ook niet bepaald lekkere types.'

'Die vriendjes gaan niet mee.'

'Maakt niet uit. Als je met zulke gasten omgaat, dan ben je zelf meestal ook voor geen meter te vertrouwen.'

'Serieus? Dat is wel heel erg kort door de bocht. Wat kan er nou helemaal gebeuren?'

'Lot, doe niet zo verschrikkelijk naïef! Midden in de nacht alleen met zo'n gast op een bootje in the middle of nowhere? Dan vraag je er toch haast om om verkracht te worden. Of erger.'

'Zo is Rick niet.'

'"Zo is Rick niet",' imiteert Amy haar met een zeurstemmetje. 'Moet je jezelf nou eens horen. Wat ken je die gast nou?'

'Je zei zelf eerder nog dat het een lekker ding was.'

'Klopt, maar dat wil niet zeggen dat ik mijn beste vriendin

zomaar aan hem toevertrouw. Ik wil niet zeiken, Lot, maar dat hij er goed uitziet wil niet zeggen dat hij deugt.'

'Maar het wil toch ook niet zeggen dat hij níét deugt?'

Amy geeft zich met een zucht gewonnen. 'Tegen zoveel eigenwijsheid kan ik niet op. Achteraf niet zeggen dat ik je niet heb gewaarschuwd.'

'Dan sms ik mijn ouders dat ik vannacht bij jou slaap, oké?'

'Je doet maar.'

Amy geeft haar een zet en ze loopt naar Rick. Wanneer ze hem laat weten dat ze ingaat op zijn voorstel, verschijnt er een triomfantelijke grijns op zijn gezicht.

'Hé, Sven, mag ik je auto lenen?'

Een jongen met blond vlassig haar maakt zich los uit het groepje. Hij heeft een grof, pokdalig gezicht waarin kleine oogjes staan die vijandig de wereld in kijken. In zijn linkeroor draagt hij een zilveren ringetje. De zomen van zijn zwarte slobberbroek vallen op zijn hippe gympen en zijn rood-zwarte bomberjack met goudkleurige print op de rug hangt nonchalant open. Wanneer hij bij hen staat, neemt hij Lotte van top tot teen in zich op en ze huivert wanneer zijn blik opzichtig over haar lichaam gaat. Rick vindt ze spannend, maar bij deze Sven krijgt ze een heel ander gevoel. Er is iets mis met hem. Hij is… gevaarlijk. En hoewel Amy zojuist haar twijfels heeft geuit over het beoordelingsvermogen van haar vriendin, weet Lotte heus wel wat goed voelt en wat niet. En met deze Sven zou ze ab-so-luut niet in een bootje gaan zitten.

Sven gooit zijn autosleutel nonchalant naar Rick toe, die hem keurig opvangt en in zijn broekzak stopt.

'*Thanks*.'

Zijn vriend geeft hem een knikje met zijn hoofd en draait zich dan weer om en sjokt met zijn handen in zijn zakken terug naar het groepje vrienden. 'Dave, kun je me even thuis droppen?'

‘*No pro, bro*,’ antwoordt een magere, donkerharige krullenkop die met kop en schouders boven de rest uitsteekt.

‘Ga je mee?’ Rick pakt Lottes hand. Zijn vingers krullen zich soepel om de hare. Eerst nog wat voorzichtig, maar als ze haar hand niet terugtrekt, verstevigt hij zijn greep. Zijn handpalm is een beetje ruw en in tegenstelling tot eerder die avond voelt hij droog aan. Onder zijn vingers voelt ze lichte eeltplekken. Ze probeert zich voor te stellen hoe het voelt als zijn handen over haar zachte huid strelen, maar haar fantasie wordt ruw onderbroken.

‘Lotte, ik ben pleite, hoor. Ik ben moe en ik heb het koud,’ laat Amy haar ongeduldig weten.

‘Eén seconde!’

Lotte wendt zich tot Rick. ‘Oké, ik ga met je mee onder één voorwaarde: dat we eerst mijn vriendin even thuisbrengen. Ze woont hier vlakbij in de Voorstraat, aan de kade in de buurt van de Visbrug.’

Rick lijkt zijn bedenkingen te hebben, maar knikt dan toch met zijn hoofd. Met tegenzin laat Lotte zijn hand los en loopt naar Amy toe. ‘We brengen jou eerst thuis voordat we verdergaan.’

Amy’s bozige blik trekt iets bij. ‘Fijn dat je ook nog aan je vriendin denkt.’

‘Wat dacht je dan? Dat ik alles uit het oog verlies om een jongen? *We go way back*, weet je nog wel. BFF’s.’ Ze haakt haar arm in die van haar vriendin en die reageert met een schouderduw, waardoor ze zowat over hun eigen voeten struikelen en slechts met moeite op de been blijven. Ze barsten in lachen uit en daarmee is het ijs weer gebroken.

Lotte voelt zich goed, mooi en licht euforisch. Ze staat op het punt om midden in de nacht erop uit te gaan met een jongen die ze amper kent en de spanning die dat met zich meebrengt, doet haar huid tintelen. Dit is precies wat ze nodig heeft. Ze wil niet langer de ideale dochter zijn, de brave vriendin, de keurige student. Vanavond zet ze haar verstand op nul en ze ziet wel waar dat bootje strandt.

Rick passeert Lotte en Amy en loopt naar een groene Alfa Romeo GTV-coupé met lichtmetalen velgen en brede banden. Met een klik op de afstandsbediening ontgrendelt hij de deuren.

'Stoer bakkie,' zegt Lotte waarderend, terwijl ze samen met Amy op de bruine leren achterbank kruipt.

Rick kijkt wat teleurgesteld naar de lege bijrijdersstoel als hij achter het stuur gaat zitten, maar zegt er niks van dat Lotte niet naast hem komt zitten. Hij start de auto en laat de motor even flink brullen voordat hij naar de eerste versnelling schakelt en wegrijdt. Amy zucht theatraal en slaat demonstratief haar ogen ten hemel. Daarna verdwijnt haar hand in haar tas en enkele tellen later voelt Lotte dat er iets in haar hand wordt gestopt. Ze bloost als ze ziet dat het een condoom is en ze stopt het ding diep weg in haar jaszak.

'Voorstraat was het toch?' vraagt Rick, terwijl hij oogcontact zoekt met Lotte via de binnenspiegel.

Lotte knikt instemmend.

'Ik woon boven Juwelier van Kampen,' vult Amy aan.

Rick blijkt geen verdere aanwijzingen nodig te hebben, want hij rijdt er feilloos naartoe. De meiden stappen uit en geven elkaar een knuffel.

'Bellen, hè, als er iets is?'

'Tuurlijk, maak je nou maar geen zorgen.'

Amy kijkt Lotte diep in haar ogen. 'Oké, *have fun* dan maar.' Ze draait zich om en verdwijnt achter de deur naast de juweliersingang.

'Kom je gezellig naast me zitten?' vraagt Rick door het open raampje.

Lotte kijkt nog even naar de gevel waarachter haar vriendin zojuist is verdwenen en trekt dan het voorportier open. Ze gaat zitten en het raampje zoeft automatisch weer dicht. Rick glimlacht naar haar. Nu ze met zijn tweeën zijn, oogt hij wat verlegen. Hij zet de radio aan en klikt op het knopje voor de cd-speler. Zodra de muziek begint te spelen, herkent Lotte meteen 's.o.s.' van Rihanna. '*You know I've never felt like this before. This feels like so unreal.*' Ze moet glimlachen. Hoe typerend.

Jaja, heel romantisch allemaal, maar je weet donders goed dat het een gevaarlijk spelletje is dat je speelt door met zo'n wildvreemde gozer mee te gaan, hoort ze Amy in haar hoofd zeggen.

Ze bant de stem van haar vriendin uit. Vanavond even geen goedbedoelde adviezen, gewoon genieten. En als het allemaal heel erg tegenvalt, dan gaat ze gewoon naar huis. Ze komt al sinds haar vroege jeugd in De Biesbosch en kent het gebied op haar duimpje. Dat Rick juist voorstelde om dáár heen te gaan, haar lievelingsgebied, ziet ze dan ook als een teken dat dit voorbestemd is. Ze kan dit niet negeren.

Met een schuin oog kijkt ze naar zijn gezicht. *Natuurlijk gaat dit goed komen*, denkt ze, *deze jongen ziet er toch totaal niet crimineel uit?*

Ted Bundy leek op het eerste gezicht ook geen seriemoordenaar.

Amy weer.

Rick voelt dat ze naar hem kijkt en legt zijn hand op haar knie. Er gaat een schok door haar lijf. Ze blijft muisstil zitten, bang dat hij zijn aangenaam warme hand weer weghaalt. Zal ze haar hand op die van hem leggen of gaat dat te ver? Ze wil niet sletterig en te gewillig overkomen. Hij mag best een beetje moeite voor haar doen. Zo blijven ze enkele minuten zitten, zonder een woord te wisselen, en wanneer het nummer is afgelopen, is het zachte brommen van de motor nog het enige geluid dat de stilte van de nacht doorbreekt. En heel even zou Lotte zweren dat ze haar eigen hart hoort kloppen. Dan klinkt er een luide drumroffel, en hoewel ze weet dat dit het begin is van het volgende nummer – 'Kisses Don't Lie', zou het waar zijn? – schrikt ze toch. Rick moet om haar lachen en ze schaamt zich. Zijn greep op haar been wordt steviger. Beklemmend? Nee, toch niet. Eerder geruststellend, alsof hij haar wil laten voelen dat ze niet bang hoeft te zijn als hij bij haar is. Dat hij haar beschermt, nu en als ze wil, de rest van haar leven.

Je draaft door, Lot!

Deze keer is het haar eigen strenge stem die ze in haar hoofd hoort, niet die van haar vriendin, en die valt heel wat moeilijker te negeren. Een gevoel van onzekerheid overvalt haar. Zij en Rick hebben nog amper met elkaar gesproken en dat voelt ineens heel ongemakkelijk.

'Tof van je vriend dat je zijn auto mag lenen,' zegt ze dan maar. Haar stem hapert en klinkt tot haar ergernis veel zachter dan normaal. *Puber!*

'Sven en ik zijn al ons hele leven matties. We zijn praktisch in dezelfde wieg geboren en ik zou alles voor hem doen en hij voor mij.'

'O...' Ze weet even niet goed wat ze nu moet zeggen.

Hij kijkt haar kort aan en concentreert zich dan weer op de weg. 'Dat klinkt alsof het je verbaast dat wij vrienden zijn.'

'Nou... eerlijk gezegd wel, ja. Hij lijkt zo anders dan jij.'

'Hoe bedoel je, anders?' vraagt Rick belangstellend. Hij lijkt geen aanstoot te nemen aan haar opmerking.

'Ik weet niet. Jij lijkt gewoon... veel liever. Hij komt eerlijk gezegd nogal, eh, crimineel over. Hij heeft zo'n houding dat je beter uit zijn buurt kunt blijven.'

Rick begint te lachen. 'Inderdaad, dat is allemaal houding. Dat verdwijnt vanzelf als je hem beter leert kennen. Sven is gewoon al heel vaak door mensen teleurgesteld. Wij allebei, trouwens. Als je eens zou weten wat wij samen allemaal hebben meegemaakt...'

'Dat klinkt nogal dramatisch.'

'Nou, we hebben geen van beiden een normaal gezinsleven gehad. Mijn vader heeft ons – mijn moeder, mijn zusje en mij – in de steek gelaten; ik was toen anderhalf en mijn zusje pas drie maanden. En Svens vader heeft nogal losse handjes als hij dronken is, wat hij ongeveer permanent is. Met als gevolg dat mijn moeder en de zijne, omdat Sven en ik al ons hele leven naast elkaar wonen, om de haverklap bij elkaar zaten. En Sven en ik dus ook.'

'O, sorry, dat klinkt allemaal best heftig.'

'Ik wil alleen maar zeggen dat Sven en ik elkaar door en door kennen en hij echt zijn hart op de goede plek heeft zitten. Het duurt gewoon even voordat hij dat pantser afwerpt.'

'Als jij het zegt. Maar ik kan me toch niet voorstellen dat hij het braafste jongetje van de klas is.'

'Ach, hij doet best weleens iets wat niet door de beugel kan, maar dat is allemaal kruimelwerk. No big deal. Beetje bravoure en een grote bek, meer is het niet.'

'En jij?'

Ricks antwoord bestaat uit een mysterieuze lach en daar laat hij het bij. Een lach die ze voelt tot in haar buik, waardoor al haar vragen naar de achtergrond verdwijnen. Ze zwijgt een tijdje met hem mee tot de stilte weer ongemakkelijk begint aan te voelen.

'Je woont niet in Dordrecht, hè?'

'Waarom denk je dat?'

'Omdat ik je dan vast weleens eerder had gezien. Je was me absoluut opgevallen,' vervolgt ze met flirterige stem.

Weer die lach die haar in vuur en vlam zet voordat hij antwoord geeft.

'Zwijndrecht. Je hebt dus gelijk.'

'Maar je komt hier wel vaker.'

'Ja.'

'Heb je een tent?' vraagt ze dan ineens.

Wat?! Het stemmetje vanbinnen slaat haast over van verontwaardiging over zoveel stommiteit. *Ben je helemaal gek geworden?! Niet doen! Wil je soms echt dat het fout met je afloopt?!*

'Een tent? Ja, hoezo?'

Ze kan nu niet meer terug. 'Dan kunnen we wildkamperen in De Biesbosch. Als jij roeit, dan wijs ik je de weg naar een mooie plek.'

Waar hij je dan verkracht!

'Dat klinkt alsof je dat al vaker hebt gedaan.'

'Met mijn ouders, ja, en met Amy,' voegt ze er vlug aan toe als ze de teleurstelling en misschien een beetje jaloezie in zijn stem hoort.

'Is Amy je beste vriendin?'

'Amy is mijn Sven,' antwoordt ze. 'Ik ken haar al sinds de kleuterschool en ben ook kind aan huis bij haar ouders. Die juwelierszaak is van hen. Amy en ik mochten vroeger altijd meehelpen met het poetsen van het goud en het zilver. Fantastisch was dat.'

Ze kijkt opzij en ziet een frons op zijn voorhoofd. Heeft ze iets verkeerds gezegd? Maar voordat ze kan bedenken wat dat dan zou moeten zijn geweest, klaart zijn gezicht weer op.

'Nou, als je daar met je beste vriendin hebt gekampeerd, dan moet het wel een goed idee zijn. Laten we mijn tent gaan halen.'

Hij drukt het gaspedaal dieper in en de auto schiet vooruit. Het condoom brandt in Lottes jaszak als ze haar moeder een berichtje stuurt dat ze bij Amy blijft slapen.

2

Heden

Ik heb me teruggetrokken in mijn kantoor om wat achterstallige administratie bij te werken en de mailbox te checken op nieuwe boekingen. Bas en ik runnen onze bed and breakfast nu zo'n vijf jaar en het is een goedlopende business. Naast slaapplaatsen bieden we ook kookcursussen aan. We kunnen er niet royaal, maar wel goed van leven en daar zijn we meer dan tevreden mee. Want hoe rijk ben je als je elke dag met volle overtuiging kunt zeggen: '*I'm living the dream*!'

De B&B was mijn droom, de kookcursussen die van Bas. Hoewel ik me aardig red in de keuken is Bas de echte kok van ons tweeën. Hij stelt de maaltijden samen, kookt voor de gasten en geeft de cursussen. Ik assisteer en regel de logistiek, de boekingen, de administratie en de acquisitie. 'Ik kook,' zegt Bas altijd, 'en Claudette zorgt ervoor dat het geen puinhoop wordt.'

Door het open raam waait een zoetige bloemengeur naar binnen en ik hoor de stem van een van onze gasten boven het geroezemoes van de anderen uit. Volgens mij is het Mary, een van de twee Engelse zussen die zojuist zijn aangekomen. Er wordt gelachen en dan klinkt een andere vrouwenstem, dat zal haar zus Rose zijn. De groep die de kookcursus volgt is bijna compleet. Vanochtend vroeg arriveerden al twee Engelse mannen en twee Duitse vrouwen. Alleen Carolien en Nienke Dijkstra ontbreken nog, de Nederlandse moeder en dochter die pas morgen aankomen.

De al aanwezige gasten zijn leuke en diverse mensen die het onderling gezellig hebben en zichzelf prima lijken te kunnen redden. Ik heb me dan ook zonder schuldgevoel even in mijn kantoor kunnen terugtrekken. Hoewel ik erg geniet van de gasten en de cursussen, vreet het ook energie. Ik moet aan duizend dingen tegelijk denken om alles soepel te laten verlopen en de ene gast is de andere niet. Sommigen redden zich uitstekend zelf, maar anderen vragen veel aandacht en hebben regelmatig behoefte aan een praatje. Er zitten gasten tussen die ik echt aardig vind en mensen met wie ik minder een klik heb. Maar ongeacht mijn persoonlijke voor- of afkeur moet iedereen uiteindelijk dezelfde gastvrijheid en charme ervaren. Ook als het me zwaar valt, sta ik dag en nacht voor hen klaar en blijft de lach op mijn gezicht tot mijn kaken er pijn van doen. Dat heet professionaliteit. Alleen heb ik af en toe dus echt even behoefte aan een momentje voor mezelf. Bas weet dit gelukkig en zorgt ervoor dat ik me dan even kan terugtrekken om op te laden.

Bas is – heel cliché – mijn lot uit de loterij. Het was niet eens liefde op het eerste gezicht. Voor mij dan. Hij daarentegen zag bij de eerste kennismaking al dat ik 'de ware' was. Tenminste, dat zegt hij. Het was in Amsterdam, bij restaurant Bella Italia. Ik begon daar na mijn opleiding International Hotel & Hospitality Management als assistent-restaurantmanager. Bas, of Sebastiano della Torre zoals hij voluit heet, was er souschef. In eerste instantie had ik helemaal niet door dat hij me leuk vond. Hij is zes jaar ouder dan ik en had bij het personeel van Bella Italia de reputatie nogal een rokkenjager te zijn. Dat had ongetwijfeld te maken met zijn uiterlijk – zijn Italiaanse genen zorgen ervoor dat hij een echte *babe magnet* is – en de wildste verhalen deden over hem de ronde; over de modellen die hij datete en de vele harten die hij had gebroken. Het kwam niet bij me op dat een man die aan elke vinger tien schatjes kon krijgen, zou vallen op een groentje als ik. Bovendien was ik, gezien mijn ervaringen in het verleden, in die periode erg terughoudend op het gebied van mannen. Vertrouwen is voor mij heel belangrijk in een relatie – het is de basis ervan – dus om nou te zeggen dat het vanzelfsprekend was dat een halve Italiaan met een reputatie als die van Bas, en ik een stel zouden worden... Maar een trouwere man dan Bas bestaat er niet en op een leugentje, zelfs niet om bestwil, heb ik hem nog nooit kunnen betrappen.

We hebben het goed samen, Bas en ik. We maken lol en de passie is na al die jaren nog steeds onverminderd aanwezig. Ik ben echt gelukkig. Maar niet onbekommerd. Elke dag is er weer dat stemmetje dat zegt dat ik het niet verdien. Dat ik ervan moet genieten zolang het nog duurt, omdat het verleden me elke dag kan inhalen. Als dat gebeurt, dan is het over; dan spat alles uit elkaar. Elke dag weer vraag ik me af of het echt mogelijk is dat je voorgoed kunt verdwijnen, of dat karma een bitch is die je altijd weet te vinden.

Nou, kom op, Claudette, roep ik mezelf tot de orde. *Niet zo somber en angstig. Zet het van je af.*

Ik open mijn mailbox en zie vijf nieuwe berichten staan. De mailadressen komen me niet bekend voor, dus het zal wel om nieuwe boekingen gaan. Wanneer ik het eerste bericht open, wordt dat vermoeden bevestigd. Ik verwerk de informatie in de administratie en ga meteen door naar het volgende bericht. Opnieuw een reservering en ook deze handel ik geroutineerd af.

Gedachteloos klik ik daarna op het derde mailtje, van Demono78, maar wat dan op het beeldscherm verschijnt, doet me naar adem happen. Ik begin te hyperventileren. Heftig. De kamer begint te tollen en ik moet me vastgrijpen aan mijn bureau om niet van mijn stoel te vallen. Het ontbijt van vanochtend komt omhoogzetten en ik kan het slechts met moeite binnenhouden. Zweet parelt op mijn voorhoofd en loopt in straaltjes over mijn rug, en vanuit mijn buik verspreidt een kou zich razendsnel door mijn hele lichaam tot ik sta te klappertanden. Mijn mond is bij dit alles zo droog geworden, dat mijn tong aan mijn gehemelte zit vastgeplakt.

Ik sluit mijn ogen om het scherm van mijn computer maar niet te hoeven zien. Voorzichtig laat ik mijn hoofd tussen mijn knieën zakken en blijf zo zitten tot de duizeligheid voldoende is weggetrokken en ik mijn ademhaling weer onder controle heb. Pas dan open ik mijn ogen weer en richt mijn blik op het scherm. Deze keer ben ik voorbereid op wat ik te zien krijg en mijn lichaam reageert minder fel, maar de schrik blijft onverminderd groot.

Het gezicht dat me aanstaart had ik gedacht nooit meer terug te zien. De eerste tijd na zijn verdwijning, toen de ergste boosheid eenmaal was weggezakt, had ik nog gehoopt dat hij zou terugkomen. Maar de dagen werden maanden en de maanden werden jaren, zonder ook maar enig teken van leven. En dus móést hij wel dood zijn, daarvan was ik overtuigd, want ik kon gewoonweg niet geloven dat hij me in de steek zou laten. Alleen staart het bewijs van mijn ongelijk me nu vanaf het beeldscherm aan. Hij leeft dus nog wél.

Ik bestudeer zijn gezicht. Nog steeds even knap. Ouder geworden, dat wel, maar hij is het onmiskenbaar. Zijn huid is diep gebruind van de zon, waardoor zijn witte rechte tanden en blauwe ogen nog meer opvallen. Rond zijn ogen en mondhoeken zitten dezelfde subtiele lachrimpeltjes die hij vroeger ook al had, alleen nu dieper. Uitgesleten door een gelukkig leven. Hij staat achter een donkere houten bar die vol staat met snuisterijen en heeft een cocktailshaker in zijn hand. Op het beschilderde bord boven zijn hoofd staat MEMORIES BEACH BAR – EAT, SLEEP, SURF geschreven, omringd door vrolijk lachende zonnetjes. Het witte overhemd dat hij draagt heeft korte mouwen en de knoopjes zijn open tot net boven zijn navel, waardoor zijn gladde bruine borst zichtbaar is.

Zijn huid onder mijn handen...

Ik schud mijn hoofd, probeer het beeld uit mijn gedachten te bannen. Hij is gespierder dan ik me hem herinner. Mannelijker. Nog aantrekkelijker. Dat ik daar nog oog voor heb! Beelden uit het verleden razen als een film aan me voorbij. Golven van verdriet en schaamte en schuldgevoel overspoelen me. Het is allemaal zo overweldigend. Ik barst bijna uit elkaar en sla een hand voor mijn mond om een kreun te onderdrukken. Het liefst zou ik het uitgillen, in de hoop dat dat opluchting biedt, maar diep vanbinnen weet ik dat dat een illusie is. Net als mijn 'onbezorgde' leventje onder de Italiaanse zon. Er is niets wat mijn pijn kan verlichten. Niets behalve misschien de waarheid, maar die brengt weer andere pijn met zich mee. Pijn waarvan ik niet weet of ik die aankan. En ineens dringt de vraag zich aan me op hoe ik al die jaren heb kunnen doorgaan met mijn leven alsof er niets aan de hand is. Alsof wat er is gebeurd niks met mij te maken heeft. Maar ik moet het antwoord schuldig blijven en verleg mijn aandacht daarom maar van de foto naar de tekst die eronder staat:

Dag Claudette, kijk eens wie ik tussen de Thaise palmbomen heb gevonden... We hebben eens even flink bijgepraat. Ik persoonlijk vind het wel tijd voor een reünie tussen jou en mij. Na wat aandringen ben ik heel interessante dingen te weten gekomen. Je weet hoe onze vriend is: als zijn eigen hachje in gevaar komt, laat hij alles en iedereen vallen en verraadt hij je waar je bij staat. Hij heeft je altijd in de gaten gehouden en ik hoefde maar heel weinig moeite te doen om achter je verblijfplaats te komen. Laat ik het zo zeggen, een barman heeft niet per se tien vingers nodig om een cocktailtje te shaken. Hij zegt dat jij weet waar hij het verstopt heeft en je gaat me ernaartoe brengen. Doe je dat niet, dan moeten ze hier in Khao Lak binnenkort op zoek naar een nieuwe cocktailshaker... Zijn lot ligt in jouw handen. Ik verwacht per ommegaande een antwoord op deze mail, zodat we een datum en tijd kunnen afspreken waarop ik je van Schiphol kan ophalen. Tot ik je mail binnen heb, blijf ik nog even in Thailand om de druk wat op te voeren. En laat ik je een gratis tip geven: maak me niet boos, je hebt geen idee waartoe ik allemaal in staat ben. Politie erbij halen? Slecht idee. Vergeet niet dat je dan zelf ook de lul bent. Ik en onze gezamenlijke vriend groeten je en misschien sturen we je nog wel een cadeautje. Misschien ook niet. Het blijft een verrassing, maar ik weet nog van vroeger dat je daar altijd gek op was. Kusje van je-weet-wel-wie.

Ik staar naar het scherm en weet niet wat ik moet denken. Ook na een tijdje blijft het leeg in mijn hoofd en daarom lees ik het bericht nogmaals, en pas na die tweede keer begin ik te begrijpen wat er staat en, vooral, welke consequenties daaraan verbonden zijn. *Zijn lot ligt in jouw handen.* Door mij hierbij te betrekken, heeft mijn ex zijn eigen graf gegraven, want het is niet waar wat hij beweert. Ik weet niks, dus ik kán hem niet redden, zelfs al zou ik dat willen. Na al die jaren probeert hij me een schuld in de schoenen te schuiven die niet van mij is. Om zijn eigen hachje te redden.

Maar moet ik dit dreigement dan wel serieus nemen? Is Demono78 écht bereid om te doden, of is dat grootspraak? Hij gaat er maar van uit dat ik meteen in de houding spring omdat ik nog om mijn ex zou geven. Dat ik alles zal doen, alles in de steek zal laten, om zijn leven te redden. Dat is nogal een gok. Dus wat moet ik doen? Dit bericht negeren en het risico nemen dat er weer iemand doodgaat door mijn schuld? Of toch dat ticket naar Nederland boeken?

Kon ik Bas maar om advies vragen, maar die weet niks van dit alles. Mijn grote geheim heb ik altijd voor hem verborgen kunnen houden. Hij zou zich geen raad weten als hij hoort wie ik daadwerkelijk ben. Als hij beseft aan wie hij een paar jaar geleden vol overtuiging zijn jawoord heeft gegeven. *For better and for worse. And the worse is yet to come...* Hoe goed kennen we eigenlijk degene met wie we dagelijks samenleven? In mijn eigen geval, een stuk minder goed dan Bas denkt. Ik heb hem nooit het achterste van mijn tong laten zien, om mezelf en hem te beschermen. Ik heb geprobeerd iemand anders te zijn en daar ben ik zo goed in geslaagd, dat ik het zelf bijna ben gaan geloven. Maar vandaag is mijn geloof kapotgeslagen en staat er nog maar één ding op mijn cv: medeplichtig aan doodslag.

3

April 2007

Met een grijns op haar gezicht wordt Lotte wakker. Even denkt ze dat ze droomt, maar dan komt alles weer terug. Ze ligt in Ricks armen onder een dikke laag dekens. Het luchtbed dat ze vannacht hebben opgeblazen, is wat slapper dan toen ze erop gingen liggen. Op Ricks zachte gesnurk en de geluiden van De Biesbosch na, is het stil. Het gebruikelijke gerommel in de lucht van overvliegende vliegtuigen ontbreekt even. Het is nog donker en ze heeft geen idee hoe laat het is.

Ze moet plassen, maar ziet ertegen op om het contact met Rick te verliezen. Ze zou het liefste in hem kruipen. Het condoom dat gisteren nog brandde in haar zak, ligt buiten ergens in de struiken. Het was haar eerste keer en ze vraagt zich onzeker af of hij het gemerkt heeft. Ze denkt niet dat zij zijn eerste was – hij leek precies te weten wat hij moest doen. Hoe dan ook, voor haar was het fijn. Bijzonder. Ze is blij dat ze gewacht heeft op iemand als Rick. Ze voelt zich mooi bij hem, veilig ook. Zijn lijf is nog strakker en gespierder dan ze vermoedde, een lust voor het oog. En voor haar handen…

Naast haar begint Rick zich te bewegen. Ze vlijt zich nog eens steviger tegen hem aan en hij maakt een zacht kreunend geluid. Als vanzelf vinden zijn handen haar lichaam en ze rolt boven op hem.

'Ik heb het dus niet gedroomd,' fluistert hij.

Lotte lacht zachtjes. 'Ik dacht hetzelfde toen ik wakker werd.'

'Zo'n mooi meisje als jij. In míjn armen.' Hij zucht alsof hij het nauwelijks kan geloven.

'Ik ben vast niet het eerste meisje dat in jouw armen ligt.' Ze kan het niet nalaten om het te zeggen.

'Niet het eerste, maar wel het mooiste.'

Zijn compliment drukt een steek van jaloezie weg.

'Jij bent wel mijn eerste,' bekent ze schoorvoetend. 'Maar dat heb je vast wel gemerkt.'

'Nee, hoezo? Je was fantastisch. Niet zo onzeker doen, hoor, nergens voor nodig. Als je al zo goed bent tijdens je eerste keer, dan belooft dat wat voor de toekomst. Ik denk dat we vooral veel moeten oefenen.'

Hij trekt haar grommend naar zich toe en begint haar gretig te zoenen. Na een tongzoen die eeuwig lijkt te duren en de wereld doet vervagen, vraagt ze: 'Denk je dan dat we een toekomst hebben?'

'Onze toekomst begint vandaag,' antwoordt hij vol overtuiging.

'Ik ben dus niet je zoveelste onenightstand?'

'Wat denk je zelf? Ik zou wel gek zijn om jou te laten gaan.' Zijn hand graait naar zijn rugzak en hij haalt er een condoom uit. Vaardig doet hij hem om en trekt haar weer boven op zich. Ze verliest zich in hem, nog meer dan de eerste keer.

Terwijl vogelgekwetter door De Biesbosch galmt en het water zachtjes tegen de roeiboot klotst, verdwijnt Lotte achter het bosschage om te plassen. Rick heeft wat takken en bladeren verzameld om een vuurtje te stoken. Als ze zich weer bij hem voegt, brandt het.

'Mag dat eigenlijk wel, een vuurtje stoken?'

'Er mag zoveel niet.'

Hij haalt een zak marshmallows uit zijn tas, prikt er twee aan een stokje en houdt ze in de vlammen. Ze gaat in kleermakerszit naast hem zitten op de deken die hij heeft uitgespreid om de ochtenddauw op te vangen. Als de marshmallows naar zijn zin voldoende zijn gesmolten, geeft hij er eentje aan haar.

'Uw ontbijt, mevrouw.'

Lachend pakt ze hem aan en blaast de ergste warmte ervan af voordat ze de zoete plakkerigheid in haar mond steekt. Een stuk of zes marshmallows later heeft ze genoeg. Rick bergt de zak met het restant op en stookt het vuur nog wat op. De behaaglijke warmte van de vlammen bezorgt haar aangename rillingen, die alleen maar toenemen als Rick dicht tegen haar aan gaat zitten en een arm om haar heen slaat.

'Zo, Lotte, vertel eens wat meer over jezelf.'

'Wat wil je weten?'

'Alles.'

'Oké. Ik ben Lotte van Zanten, zestien jaar oud. Ik woon al mijn hele leven in Dordrecht. Geen broers of zussen, ouders nog bij elkaar. Amy, die je gisteren hebt ontmoet, is mijn beste vriendin en collega achter de tap bij Oom Toon. Ik zit in vier vwo en na mijn examenjaar wil ik niet naar de universiteit, maar een hbo-opleiding gaan doen.'

'Welke opleiding en waarom niet naar de universiteit?'

'International Hotel & Hospitality Management. Lijkt me echt heel erg gaaf. Ik doe vwo in plaats van havo omdat ik het makkelijk aankan en stel dat die hbo-opleiding niet bevalt, dan liggen mijn kansen om iets anders te gaan doen hoger. En ik vind dat je moet pakken wat je pakken kunt.'

'Hmm, een slim meisje dat haar hart volgt, ik geloof dat dat me wel aanstaat.'

Lotte glimlacht. 'Ik ben er nog niet uit of ik die opleiding in Rotterdam of Amsterdam ga volgen. Dat hangt een beetje van de omstandigheden af.'

'Welke omstandigheden?'

'Hoe vaak ik in de weekenden naar Dordrecht en omstreken wil gaan. Of er iets speciaals is om voor terug te komen.'

'Valt Zwijndrecht onder omstreken en ben ik speciaal genoeg?' Rick pakt haar gezicht in zijn handen en begint haar gepassioneerd te zoenen. Ineens trekt hij zich terug en vraagt hij: 'Rotterdam of Amsterdam?'

'Rotterdam,' antwoordt ze stellig en met een lach.

'Daar zul je geen spijt van krijgen.'

Wat het vuur niet voor elkaar krijgt, lukt Rick wel: ze smelt.

'*Your turn*,' zegt ze met hese stem. 'Nu mag jij wat over jezelf vertellen.'

'Ik ben Rick Peters, over een maand twintig jaar. Ik woon in Zwijndrecht met mijn moeder en mijn zus, naast Sven en zijn familie. Ik doe een mbo-3-opleiding Elektrotechniek. Ik wil in eerste instantie aan de slag als elektricien en naast mijn werk nog de mbo-4-opleiding Elektrotechnisch Technicus volgen. Dat is de hoogste opleiding in mijn vakgebied met maximale salariskansen. Als ik na een aantal jaar genoeg geld heb gespaard, wil ik over de wereld gaan zwerven. Misschien iets voor mezelf beginnen in het buitenland.' De blik in zijn ogen wordt dromerig.

'Dat is wat ik ook het liefste zou willen, weg uit Nederland en onder de zon iets moois opstarten. Wel in Europa. Een hotelletje of restaurant in Italië, Spanje of Frankrijk, daar ben ik nog niet uit.'

'Misschien kunnen we samen gaan… of loop ik nu heel erg hard van stapel?' Hij volgt met zijn wijsvinger de contouren van haar lippen en ze hapt er speels naar.

'Er is niks mis met dromen. Het maakt het leven mooier en spannender. En als ze niet uitkomen heb je in elk geval de voorpret gehad.'

'Nederland is te klein voor ons, Lotte,' zegt hij glimlachend, terwijl hij een denkbeeldig glas heft. 'Op de voorpret en wat daarna komt.'

Ze tikt haar eigen fantasieglas tegen dat van hem aan en binnen in haar bruist een sprankelende levensenergie als champagne bevrijd van de kurk.

4

Heden

Ik sta in de badkamer en plens wat koud water in mijn gezicht. Pas als het in straaltjes van mijn kin druipt, stop ik en draai ik de kraan dicht. Ik verberg mijn gezicht in een dikke grijze handdoek en dep mijn huid zachtjes droog. Eigenlijk zou ik me nu opgefrist moeten voelen, maar dat is niet het geval. Bij de gedachte dat ik zo weer achter mijn computer moet kruipen om het schokkende mailtje te beantwoorden, breekt het zweet me weer uit.

Wat is de beste reactie? Hoe moet ik me opstellen? Meegaan in de eisen, het vliegtuig naar Nederland pakken en het verleden eindelijk onder ogen zien? Of doen alsof mijn neus bloedt en de afzender vertellen dat hij aan het verkeerde adres is, met alle risico's van dien? Wat als hij ineens op de stoep staat in Italië en Bas vertelt over mij, over vroeger en over wat ik vroeger heb gedaan? Dat zou een regelrechte ramp zijn. Ik weet dat de persoon met wie ik te maken heb gek genoeg is om hiernaartoe te komen en het op een confrontatie te laten aankomen. Nee, als ik mijn hachje wil redden, kan ik beter een smoes verzinnen en het vliegtuig naar Nederland pakken. Het stuit me alleen tegen de borst dat de mailschrijver zoveel macht over me heeft en me alles kan laten doen wat hij wil. Ik heb heel veel te verliezen, en dat weet hij. Ik ben de marionet, hij de poppenspeler. Van die wetenschap word ik heel opstandig. Ik heb altijd al moeite gehad met gezag.

Ik loop naar mijn computer en haal het scherm van de beveiliging af. Even hoop ik dat ik het allemaal heb gedroomd, dat er helemaal nooit een mailtje is geweest, maar de hernieuwde confrontatie met het dreigement verzekert me ervan dat ik op klaarlichte dag nog steeds in een levensechte nachtmerrie zit. Een nachtmerrie die voorlopig nog niet voorbij is. Ik kan er niet langer omheen, ik moet antwoorden.

Na een aantal keer de plussen en minnen te hebben afgewogen, klik ik op Beantwoorden en begin te typen:

Geachte heer,
Zojuist ontving ik van u onderstaande raadselachtige mail en ik moet u eerlijk bekennen dat ik geen idee heb waar u het over hebt. Ik denk dat u de verkeerde voor zich heeft en dat de barman over wie u in de mail spreekt, u vals heeft voorgelicht. U zult begrijpen dat ik dergelijke schokkende mails niet op prijs stel en dat ik naar de politie zal stappen als u mij niet met rust laat.
Hoogachtend, C. della Torre

Ik druk meteen op Verzenden zodat ik me niet meer kan bedenken, maar binnen een minuut slaat de paniek weer in alle hevigheid toe. Waarom heb ik die tekst verstuurd terwijl ik weet dat het alleen maar woede gaat opwekken bij de tegenpartij? Waarom moet ik altijd mijn kont tegen de krib gooien als ik honderd procent zeker weet dat het geen zin heeft? Wie weet wat voor ellende ik over mezelf, maar vooral ook over mijn ex-vriendje heb afgeroepen. Heb ik zijn veiligheid ondergeschikt gemaakt aan mijn woede over zijn verraad en het prijsgeven van mijn schuilplaats? Maar als hij mij niet beschermt, waarom zou ik hem dan beschermen?

Nieuw en oud zeer steken de kop op, maar worden al snel verdrongen door schuldgevoelens en angst. Zou deze man in staat zijn om iemand die hij altijd als een broer heeft beschouwd iets aan te doen? Ik hoef alleen maar naar mezelf te kijken om het antwoord te weten. Ik heb zelf zojuist de man die ik ooit als mijn grote liefde beschouwde rücksichtslos in gevaar gebracht met het beantwoorden van die e-mail, omdat ik mijn eigen belang vooropzette. Ik wist wat de risico's waren. Dat is hoogverraad aan wat we ooit hadden en aan de gevoelens die ik voor hem koesterde. Het is anders gelopen – en geloof me, daar heb ik geen spijt van – maar er was een tijd dat ik heilig geloofde in hem en mij. Dat hij voor mij de wereld was die we samen zouden gaan ontdekken. Maar niets is voor altijd, dat ben ik door alles wat er is gebeurd maar al te goed gaan beseffen. Ook dingen waar je rotsvast in gelooft, worden vloeibaar onder druk.

De computer geeft met een *ping*-geluid aan dat er een nieuwe mail binnenkomt. Ik spring op van schrik en begin onbedaarlijk te trillen. Is het een reactie van hem? Zo snel al? Met een steen in mijn maag constateer ik dat er inderdaad een nieuw bericht van Demon078 is binnengekomen. Ik klik erop en moet eerst iets wegslikken voordat ik kan gaan lezen:

Mevrouw Claudette, ik geloof dat u niet helemaal doorhebt hoe ernstig de situatie is. Eerlijk gezegd had ik deze reactie al voorzien en al gepaste maatregelen genomen om u ervan te doordringen dat ik geen spelletjes speel. Wat die maatregelen zijn? Daar komt u vanzelf achter. Met die mail hebt u iets in gang gezet wat niet meer valt te stoppen. U zult de consequenties moeten aanvaarden. Ik adviseer u om uw brievenbus goed in de gaten te houden.

Ik klik de mail weg, maar ik krijg hem niet weg uit mijn hoofd. Shit, wat moet ik doen?

De brievenbus. Hou de brievenbus goed in de gaten.

De postbode is vanochtend al geweest, maar ik heb de bus nog niet geleegd. Bas ook niet, want die is druk met het voorbereiden van het diner dat we straks met onze cursisten gaan koken. Met zijn aandacht daar nu volledig op gefocust, kan ik vast ongezien de post doorspitten.

De twee mailtjes van Demon078 verplaats ik van de inbox naar de prullenmand; daar staan ze veilig tot ik besloten heb wat ik ermee ga doen. Als ik ze delete, vernietig ik ook bewijsmateriaal dat me later misschien nog eens van pas zou kunnen komen, maar als ik ze laat staan, dan kan Bas ze vinden en dat wil ik koste wat het kost voorkomen. De prullenmand dus, die ik niet leeg voordat ik een plan de campagne heb.

Met mijn handen in het haar wacht ik tot de computer op schermbeveiliging springt. Wanneer het eindelijk zover is, zet ik voor de zekerheid de monitor uit en pas dan ren ik naar beneden. Elke seconde die ik niet bij de brievenbus ben, voelt als verspilling. Buiten slaat de broeierigheid me tegemoet, maar het meeste last heb ik van het onheil dat in de lucht hangt als een stevige bui die op uitbarsten staat. Mijn benen voelen zwaar en mijn lijf beweegt trager dan ik gewend ben als ik naar de brievenbus ren. Bas en de gasten zijn nergens te bekennen.

Er zijn drie pogingen voor nodig voordat ik de sleutel recht in het slot krijg. Als ik de sleutel omdraai, springt het slot met een klik open. Een geluid dat me door merg en been gaat, omdat het voelt alsof ik zojuist de doos van Pandora heb geopend. Mijn hart staat even stil als ik zie dat er post in de brievenbus zit. Boven op een stapeltje enveloppen ligt een langwerpig plat doosje. Ik moet meteen denken aan het vingertopje dat Demon beweert te hebben afgehakt.

Oh my God, het zal toch niet? Zo ziek zal hij toch niet zijn?

Ik weet dat ik het doosje moet pakken, samen met de andere post. Als ik het laat liggen, loop ik het risico dat Bas het uitpakt en iets ziet wat absoluut niet voor zijn ogen bestemd is. Bij het idee alleen al het doosje te moeten aanraken – en dan heb ik het nog niet eens over openen – word ik op slag weer misselijk. Ik weet niet of ik dit kan, maar tegelijkertijd weet ik ook dat ik geen keus heb. Er staat te veel op het spel. Dus steek ik mijn hand in de brievenbus en pak alles eruit. Met de enveloppen dek ik het doosje af, voor het geval dat ik Bas tegen het lijf loop. Het doosje weegt niks, constateer ik als ik de brievenbus afsluit en vlug naar binnen loop.

Weer terug in mijn kantoortje bekijk ik de buitenkant van het pakketje zorgvuldig. Het is verstuurd vanuit Nederland, maar er staat geen afzender op. Ik breng het doosje naar mijn oor en schud het voorzichtig heen en weer. Binnenin hoor ik iets schuiven. Het geluid bezorgt me de rillingen. Zou het echt een vingerkootje zijn?

Er is maar één manier om daarachter te komen...

Met een schaar snijd ik de doorzichtige tape los die veiligheidshalve om het doosje is gedaan en vervolgens zet ik meteen door. Openen die handel. Uitstellen heeft geen zin. Het klamme zweet breekt me weer uit als ik de inhoud uit het doosje op mijn bureau schud. Het is een velours zakje dat het formaat heeft van de lavendelzakjes die mijn moeder vroeger in de kledingkast had liggen tegen motten. Het zakje is dichtgestrikt met een gouden lintje. Ik til het zakje op aan het lintje en breng het richting mijn neus. Geen vieze geur. Een afgehakt lichaamsdeel zou moeten stinken, toch? Het stelt me enigszins gerust en voordat ik me kan bedenken, trek ik het lint los en keer het zakje om boven mijn bureau.

Het is een armband – geen stuk vinger – en ik begin spontaan te huilen. Het duurt even voordat de spanning uit mijn lijf weg is gevloeid. Een diepe zucht ontsnapt uiteindelijk aan mijn lippen en door een waas van tranen bekijk ik de armband. Hij is zilverkleurig en bestaat uit verschillende gekleurde kralen die van edelsteen zijn gemaakt. Ik herken in elk geval de paarse kleur van de amethist en de rode kleur van de onyx. Wie heeft me dit gestuurd? Een verrassing van Bas? Ik kan het me bijna niet voorstellen. Waarom zou hij me een armband sturen terwijl hij hem ook gewoon aan me kan geven? Dat onpersoonlijke is niets voor Bas. Van alles wat hij voor me doet, maakt hij iets speciaals.

Met mijn hand voel ik in het doosje en stuit op een kaartje dat achterin vastzit in de naad. Nieuwsgierig trek ik het los en dan is het raadsel opgelost. In het zwierige handschrift van mijn beste vriendin uit Nederland staat geschreven:

Uit de nieuwe collectie van Trollbeads! Hope you like it! XXX

Ik pak het armbandje op en laat het door mijn handen gaan. Het is prachtig en helemaal mijn smaak. Plotseling word ik overspoeld door een hevig verlangen naar vroeger, naar een tijd dat er nog geen randje aan onze vriendschap zat. Toen alles nog goed was. Mijn vriendin heeft er geen weet van, van mijn geheim, en dat is maar goed ook. Als datgene wat ik verborgen houd haar ooit bereikt, dan is het over met onze vriendschap. Daar durf ik alles om te verwedden.

Is het een rare speling van het lot dat ik het armbandje dat mijn vriendin stuurt als blijk van onze vriendschap op dezelfde dag ontvang als de dreigmail die een bom onder die vriendschap kan leggen? Dat heden en verleden samenkomen in het hier en nu, gevangen in letters en kralen? Het duizelt me en ik neem even de tijd om het allemaal te laten bezinken. *Oké, bekijk het even van de positieve kant, er zaten in elk geval geen rare dingen bij de post, alleen een lief cadeautje.* Maar ja, dat is vandaag. Wie weet wat morgen brengt. Of overmorgen. Of… Mijn oog valt op het stapeltje enveloppen. Shit, die was ik even vergeten. Ik moet even slikken. Zou het dan toch…? Snel neem ik de enveloppen door, maar het blijken gelukkig alleen maar enkele rekeningen te zijn. Niks bijzonders. Pas dan kan ik opgelucht ademhalen.

Ik haal mijn computer uit de slaapstand en print de mailcorrespondentie tussen Demon en mij uit. Als die keurig achter slot en grendel ligt in de schuifkast met administratie, leeg ik de prullenmand. Het risico dat Bas de uitgeprinte versies vindt tussen de ordners en opbergdozen is een stuk kleiner dan dat hij ze tegenkomt in de prullenbak op de computer. Het geluid dat het legen van de prullenbak maakt, heeft iets bevrijdends. Alsof ik niet alleen de mailtjes, maar ook de inhoud ervan heb vernietigd. Verbannen uit mijn computer en uit mijn leven. Die gedachte moet ik zo lang mogelijk proberen vast te houden. Ik doe het armbandje om mijn pols en maak een foto. Samen met heel veel hartjes app ik hem aan mijn vriendin. Ze appt vrijwel meteen terug.

Mooie mensen verdienen mooie dingen.

Ik krijg een brok in mijn keel. *Je moest eens weten, lieve schat.* Als ik zou krijgen wat ik verdien, had ze me een armband moeten sturen met gitzwarte stenen.

5

April 2007

Het vuur is uit en Rick en Lotte liggen dicht tegen elkaar aan in hun tent. Met zijn vinger tekent hij achtvormige figuurtjes op haar rug en ze kreunt zacht.

'Konden we hier maar altijd blijven.'

'Ja, dat zou wat zijn, niet?' Hij drukt een kus op haar voorhoofd en pakt zijn telefoon. Een Motorola.

'Zeg, Romeo, vind je dit nou echt een geschikt moment om je telefoon te checken? Ben je nu al niet meer in me geïnteresseerd?'

'Ik wil even zeker weten dat... Ja, zie je, daar was ik al bang voor. Sven heeft zijn auto straks nodig, dus ik vrees dat we het kamp moeten opbreken.'

Ze gaat langzaam rechtop zitten en rekt zich uit. Rick kijkt gretig naar haar naakte lichaam en ze moet grinniken.

'Wat? Waarom lach je?' vraagt hij.

'Weet je zeker dat je wilt vertrekken? Je zou jezelf eens moeten zien kwijlen.'

'Dat doe ik altijd als ik honger heb.'

'Nou, dan blijven we toch nog even?'

'Ik zou wel willen, maar het is Svens auto en als hij hem nu nodig heeft... Het is al heel tof dat we hem mochten lenen en ik wil hem niet kwaad maken. Als hij een slechte dag heeft kan hij helemaal door het lint gaan en je weet nooit van tevoren wanneer dat is.'

'Dus je vindt wat Sven wil belangrijker dan wat ik wil?' Ze trekt een heel erg overdreven pruillip.

'Nee, natuurlijk niet, maar ik denk dat ik beter van jou een rechtse directe kan krijgen dan van hem.'

'Serieus? Heeft hij je weleens een klap verkocht?'

'Eh, ja… in het verleden is dat weleens gebeurd.'

'Ik zou me echt niet laten slaan door een vriend.'

'Ach, gewoon, jongens onder elkaar. Beetje matten voor de gein.'

'Nou, haha, wat een lol.'

'Sven weet niet beter. Hij is opgegroeid met harde hand. Als iets je niet zint, dan sla je erop. Hij heeft nooit anders gezien bij zijn vader.'

'In plaats van dat gemep voor lief te nemen, kun je hem ook leren dat het geen normale manier van omgaan met mensen is.'

Rick grinnikt.

'Wat?'

'Je klinkt een beetje tuttig, maar als ik je zo naakt zie zitten, doe ik alles wat je zegt.'

'Oké, test. Spring in het water.'

'Veel te koud, joh.'

'Watje. Heb je nooit meegedaan aan de nieuwjaarsduik?'

'Nee, om diezelfde reden.'

'Ik wel en ik verzeker je dat het erg verfrissend is en dat je er niets aan overhoudt. En dat is hartje winter, het is nu april. Lente!'

'Als je erop staat, wil ik best een keertje met je naaktzwemmen, maar niet nu. Die auto moet terug naar Sven en…'

Hij krijgt geen tijd om zijn zin af te maken, want Lotte wurmt zich plotseling razendsnel uit de tent en rent naar het water. Met een grote plons springt ze erin. Rick kijkt er verbaasd naar. Heel even lijkt hij te twijfelen, maar dan kruipt ook hij toch maar naar buiten en loopt naar de waterkant.

Lotte is inmiddels al onder water verdwenen en hij blijft wachten tot ze weer bovenkomt, maar er gebeurt niks. Hij roept haar naam. Geen reactie. Hoe lang is ze nu al onder water? Dan ziet hij een paar meter van de kant het silhouet van een lichaam op de bodem.

'Shit!'

Zonder nog verder na te denken, duikt hij het water in en zwemt ernaartoe. Maar vlak voordat hij het lichaam heeft bereikt, komt er plots beweging in. Lotte zwemt bij hem vandaan en hij vloekt in zichzelf. Hij zet af in de modderige bodem en keert terug naar de oppervlakte, waar Lotte, die haar vlucht heeft gestaakt, vrijwel tegelijkertijd met hem bovenkomt. Ze proest van het lachen.

'Heb ik je toch het water in gekregen.'

Met een paar ferme slagen zwemt Rick naar haar toe. 'Ik dacht dat je aan het verzuipen was. Dat je je nek had gebroken of zo.' Zijn gezicht is bleek.

Lotte slaat haar armen om zijn nek. 'Had ik je al verteld dat ik een uitstekende zwemmer ben en heel lang mijn adem kan inhouden? Bovendien ken ik De Biesbosch op mijn duimpje; ik kom hier al van kinds af aan. Ik weet precies waar je wel en niet kunt duiken.'

Ze kust hem en snoert hem daarmee meteen de mond. Gewillig geeft hij zich aan haar over terwijl ze haar benen om zijn middel slaat. Als ze voelt dat hij zich niet meer kan beheersen, laat ze hem met een plagerige uitdrukking op haar gezicht los en zwemt naar de kant.

'Kom, de auto moet terug naar Sven.'

6

Heden

Het kost me al mijn zelfbeheersing om te doen alsof er niets aan de hand is. Ik klets, ik lach, geef aanwijzingen, maar ik ben er met mijn hoofd niet bij. De stress van de mail van gisteren zit nog volop in mijn lijf. Bas heeft nog niets aan me gemerkt. Normaal is hij heel gevoelig voor mijn stemmingen, maar niet als hij volop 'in business' is. Als hij met de cursus bezig is, dan vergeet hij alles om zich heen en heeft hij alleen nog oog voor de deelnemers en het eten.

Ik loop wat langs het aanrechtblok, kijk wat mee over schouders en schenk kwistig prosecco. Als de glazen van onze cursisten goed gevuld blijven – de Nederlandse moeder en dochter zijn vandaag gearriveerd, waarmee het gezelschap compleet is – valt het niet zo op dat ik er zelf ook wat wegtik. Ik heb het drankroesje nodig om deze dag goed door te komen. Wanneer alle glazen weer vol zijn, pak ik mijn eigen glas en loop ermee naar Nienke. Van alle deelnemers heb ik de grootste klik met haar. Ze is de jongste van de cursisten en ligt qua leeftijd het dichtste bij mij. Ik heb haar nog niet echt gesproken, maar heb de indruk dat ze niet helemaal lekker in haar vel zit. Alsof ze ergens mee zit.

'Eerste indruk?' vraag ik, terwijl ik mijn glas tegen dat van haar tik.

'Geweldig. Wat hebben jullie hier een prachtig plekje.'

'Ja, hè. We zitten hier nu vijf jaar en er is voor ons echt een droom uitgekomen. De cursussen lopen als een tierelier en we leren zoveel leuke mensen kennen. Een aantal gasten van het eerste uur blijft elk jaar terugkomen.'

'Fantastisch dat het ook allemaal zo uitpakt als jullie hoopten. Je hoort weleens van die verhalen...'

'*Ik vertrek*, bedoel je zeker.' Grappig toch hoeveel mensen daarnaar kijken. 'Wij mochten niet meedoen met dat programma omdat we onze zaakjes te goed voor elkaar hebben. Ze willen natuurlijk het liefst mensen en verhalen waar een "randje" aan zit, anders wordt het te saai. De echte succesverhalen zul je daar niet zien.'

'Ah, werkt dat zo.'

'Yep, zo werkt dat.'

'Ik weet niet of ik het lef zou hebben om al mijn zekerheden op te geven om mijn droom na te jagen en naar het buitenland te vertrekken. Daar ben ik te veel een controlfreak voor, denk ik.' Ze kijkt er wat bedenkelijk bij.

Ik moet terugdenken aan het moment dat wij besloten de stap te wagen. Zou ik het nu weer doen? Waarschijnlijk wel, ik kon toen ook haast niet anders. Maar dat kan ik moeilijk aan haar vertellen. 'Wij vonden het natuurlijk ook wel spannend. We hadden allebei een goede vaste baan bij een Italiaans restaurant in Amsterdam, maar echt iets voor onszelf beginnen onder de Italiaanse zon was al heel lang een stille wens. Dat Bas half Italiaans is speelde ook een rol.'

'Ha, zie je wel, ik had al zo'n vermoeden dat Bas niet alleen Nederlandse roots had.'

'Eigenlijk heet hij Sebastiano,' fluister ik. 'Maar goed, Italië bleef dus kriebelen en uiteindelijk hebben we de stap maar gewaagd. Tot nu toe hebben we daar geen seconde spijt van. Nou scheelt het natuurlijk ook dat wij geen kinderen hebben, dan onderneem je zoiets toch makkelijker.'

'Dat is denk ik ook de reden dat ik zo'n project niet zo makkelijk aan zou gaan. Ik heb een zoontje. Ik kijk weleens naar

Ik vertrek en dan vind ik het altijd hartverscheurend hoe kinderen uit hun vertrouwde omgeving worden gehaald en al hun vriendjes en vriendinnetjes moeten achterlaten omdat hun ouders "een droom" hebben. Die kinderen zijn soms doodongelukkig.'

'Aan de andere kant zijn kinderen vaak ook heel flexibel. In het begin hebben ze inderdaad wel aanpassingsproblemen, ze moeten een nieuwe taal leren, wennen aan een nieuwe leefomgeving, nieuwe vriendjes maken, maar uiteindelijk komt het meestal wel goed. Dus mocht je plannen hebben, dan is er nog hoop.'

'Ik laat de kans toch aan me voorbijgaan.' Ze glimlacht erbij, maar er zit een trieste ondertoon in haar stem. 'Levi's vader en ik zijn gescheiden, dus vertrekken naar het buitenland zou heel ingewikkeld worden met de voogdij. Bovendien vind ik het belangrijk dat Levi opgroeit met zijn moeder én zijn vader. Ook al is het een klootzak,' voegt ze er nog zachtjes aan toe.

Zou dat zijn wat ik meende te zien? Maakt ze zich zorgen om haar kind? Is dat de last op haar schouders? 'Is Levi nu bij hem?'

'Straks in het weekend wel, ja. Nu past mijn zus nog op hem in mijn eigen huis, zodat zijn weekritme niet verstoord wordt. Rust, reinheid en regelmaat – stokpaardje van mijn moeder waar ik mee besmet ben.'

Nienkes moeder. Carolien. Toen ze reserveerden had Nienke aangegeven dat haar moeder alzheimer heeft, met goede en slechte dagen. Vreselijk, op die leeftijd. Hoewel ik sommige herinneringen graag zou wissen, moet ik er niet aan denken om mijn geheugen kwijt te raken. Ik buig me iets naar voren en demp mijn stem. 'Fijn dat je moeder het zo goed naar haar zin heeft. Je merkt helemaal niets aan haar.'

'Ze heeft gelukkig nog steeds momenten dat het redelijk goed met haar gaat en je als buitenstaander niks aan haar merkt. Ze voelt zich hier erg op haar gemak. Ik hoop dat de rest van de week ook zo goed verloopt.'

'Natuurlijk verloopt die goed. Een beetje positief denken, hoor. Geluk moet je soms ook een beetje afdwingen.' Ik krijg de woorden bijna niet uit mijn mond als ik aan mijn eigen situatie denk, maar volgens mij heeft Nienke niet in de gaten dat ik wat haper. Ze lijkt met haar gedachten ergens anders te zijn en opnieuw bekruipt me het gevoel dat ze niet het achterste van haar tong laat zien. Wat is het toch met deze vrouw? Ze intrigeert me.

'O, ik denk altijd positief hoor,' zegt ze dan ineens, 'maar sommige dingen heb je niet in de hand. Zo las ik vanochtend een artikeltje op Telegraaf.nl over een Nederlander die in Thailand is omgekomen bij een verkeersongeluk. Die had daar echt een relaxed bestaan, werkte als barman in een strandtent in Khao Lak, en dan komt hij zomaar om het leven omdat...'

Alles om me heen begint te draaien. Mijn omgeving vervaagt en ik kan me nog net op tijd vastgrijpen aan het aanrecht. Nienkes woorden galmen na in mijn hoofd. *Thailand. Barman. Verkeersongeluk.* Is dit toeval? Het kan haast niet.

'Gaat het? Voel je je niet goed?'

Nienke kijkt me met een bezorgde blik aan en ik besef dat mijn reactie nogal vreemd op haar moet zijn overgekomen. Ik wil haar vertellen dat alles goed is. Dat er niks met me aan de hand is. Maar het tegenovergestelde is waar. Alleen... het kán niet? Het móét wel een vergissing zijn. Toch?

'W...' De woorden blijven steken in mijn keel en ik probeer het opnieuw. 'Waar zei je dat dit was gebeurd? Khao...'

'Khao Lak. Kijk, hier: "In de Thaise badplaats Khao Lak is gistermiddag een Nederlandse man om het leven gekomen bij..."'

Heel even koester ik nog hoop. Heel even is er nog de gedachte dat het toch om iemand anders gaat, een andere gelukszoeker die pech heeft gehad. Maar dan hoor ik Nienke zijn naam zeggen en is het alsof in één klap alle zuurstof uit de kamer wordt gezogen. Een enorme vermoeidheid overvalt me, alsof ik een paar honderd kilo op mijn schouders moet meetorsen. Alles voelt stroperig, zelfs de tijd lijkt moeite te moeten doen om vooruit te komen. Nienkes lippen bewegen in slow motion, maar ik hoor helemaal niks.

Met een uiterste inspanning weet ik mezelf weer bijeen te rapen. Net op tijd.

'Zeg, gaat het echt wel?' Nienke heeft een frons op haar voorhoofd. Het mobieltje waar ze net nog van voorlas, houdt ze krampachtig voor zich vast. 'Je bent opeens lijkbleek.'

'Eh, ja... Gewoon een beetje moe.'

'Ga anders even zitten.'

'Nee, het gaat alweer. Wil je nog wat prosecco? Ik pak de fles even.'

Mijn stem klinkt schril en ik loop meteen bij Nienke weg zodat ze hopelijk de paniek niet van mijn gezicht kan lezen. Ik gris de proseccofles van het aanrecht en ook al zit er nog maar een bodempje in, ik moet me bedwingen om hem niet aan mijn mond te zetten. In de mail van gisteren werd gedaan alsof hij nog leefde. Zijn leven lag min of meer in mijn handen en als ik zou meewerken, dan hoefde ik me geen zorgen te maken. Wat Nienke me net vertelde, plaatst die beweringen echter in een heel ander daglicht. Het wijst erop dat ze allang korte metten hebben gemaakt met mijn ex-vriendje, want ik geloof er niks van dat het om een verkeersongeluk gaat. Natuurlijk was het geen ongeluk, maak dat de kat wijs.

Rustig, Claudette, check nu eerst eens even of Nienke zich niet vergist heeft voordat je allerlei overhaaste conclusies trekt.

Ik voel een hand op mijn rug en er gaat een schok door me heen. Bijna laat ik de fles prosecco uit mijn hand vallen.

'Slecht geweten?' grinnikt Bas.

Je moest eens weten, schatje. Slechter dan jij ooit kunt vermoeden.

'Sorry, ik was even in mezelf gekeerd, ben een beetje moe. Niet zo goed geslapen vannacht.' Hopelijk komt het een beetje geloofwaardig over.

'Ga dan maar even op je gemak een doosje bubbels uit de kelder halen.' Bas knipoogt, terwijl hij de zo goed als lege fles uit mijn hand pakt. 'Kun je jezelf even herpakken.'

Ik werp hem een kushandje toe en weet niet hoe snel ik moet vertrekken. Zodra ik alleen ben, pak ik mijn telefoon en surf naar de website van *De Telegraaf*. Het duurt niet lang voordat ik heb geverifieerd wat Nienke beweerde. Hij is inderdaad omgekomen bij een ongeluk. Met zijn scooter. Ik denk aan al die keren dat ik bij hem achterop heb gezeten. Dicht tegen hem aan, mijn wang rustend tegen zijn schouder, armen stevig om zijn middel geklemd. Het gesnor van de motor, wind door mijn haren, terwijl het landschap aan ons voorbijzoefde. Een van de vele momenten waarop ik gelukkig was. Met hem, met ons. Op die momenten wist ik zeker dat hij en ik voor eeuwig waren. Dat er nooit iets tussen ons in zou komen te staan.

Totdat je van die roze wolk af pleurde.

Hoe kun je je vergissen en hoe anders kan het leven lopen door één foute beslissing? En nu is hij dus dood. Of ik nu wel of niet inga op de eisen in de e-mail van zojuist maakt niet meer uit. Het dreigement is een wassen neus en dat had ik eigenlijk ook wel kunnen weten. Die kerel was vroeger al nooit te vertrouwen, hing van leugens aan elkaar. Waarom zou dat nu anders zijn? Sommige mensen veranderen nooit en hij is er daar een van.

Het steekt enorm dat Demon hem nog in leven heeft gezien, waarschijnlijk de laatste is die hem in leven heeft gezien, en niet ik. Hij was míjn vriendje! De heftige reactie die opborrelt vanuit mijn buik, overvalt me. Na al die jaren zou het me niet uit moeten maken, of in elk geval niet zoveel. Ik zoek een verklaring waarom dat wel het geval is en als ik heel eerlijk ben tegen mezelf, dan weet ik het antwoord ook wel. In mijn hart zit een stukje dat nooit is gestopt met van hem te houden. Daarvoor zat mijn liefde voor hem te diep. Onze relatie werd onmogelijk door verkeerde keuzes, maar dat waren in eerste instantie niet míjn keuzes. Nog steeds niet eigenlijk, maar ik werd er ongewild in betrokken en toen was er geen weg meer terug.

Ik dacht dat ik het voorgoed had afgesloten, een plekje had gegeven, maar als dat zo is waarom doet het dan zo'n pijn? De wetenschap dat ik hem nooit meer zal zien, nooit meer kán zien, lijkt me van binnenuit te verscheuren en maakt me woedend en verdrietig tegelijk. Ik haat Demon nog meer dan ik al deed, want ik weet zeker dat hij hier de hand in heeft gehad. Ik veracht hem omdat hij me heeft voorgelogen en me onder valse voorwendselen onder druk heeft gezet. Hij had er vast niet op gerekend dat een bericht over het ongeluk in de Nederlandse media zou verschijnen. Waarom zou hij ook? En hoe groot was de kans nou eigenlijk dat ik dat berichtje überhaupt onder ogen zou krijgen?

Maar ik heb het wel degelijk gelezen.

Het feit dat ik er door Nienke op ben geattendeerd, is een speling van het lot. Het geeft me weer wat macht terug en haalt de druk een beetje van mijn schouders. Het maakt het makkelijker om naar Demon toe vol te houden dat ik geen idee heb wie hij is en waar hij het over heeft, en dat zal ik hem nogmaals laten weten. Mijn reactie op zijn tweede mail – die ik onbeantwoord heb weggegooid – zal in lijn zijn met de eerdere reactie die ik hem heb gestuurd. Daar hoef ik niet langer over na te denken. Ik besluit het meteen maar te doen, zonder het achterste van mijn tong te laten zien.

Ik open op mijn telefoon een nieuw mailtje en typ Demons e-mailadres in, dat al bij de eerste blik meteen in mijn geheugen stond gegrift. Ik laat alle beleefdheden achterwege en skip een aanhef.

Nogmaals, ik heb geen idee wie u bent en waar u het over hebt. Ik kan u niet verder helpen.
Claudette della Torre

Ik druk meteen op Verzenden en delete het bericht uit mijn Verzonden items. Het e-mailadres van Demon markeer ik als spam.

Oké, over en uit. Kappen met die gast en weer over tot de orde van de dag.

Toch kan ik het niet laten om mijn Nederlandse vriendin een linkje naar het artikel op Telegraaf.nl te appen. Zij is eigenlijk de laatste persoon met wie ik dit nieuwtje zou moeten delen, maar ook de enige met wie ik het kán delen. Zij is de enige die weet hoeveel hij voor me betekende.

Ik heb het bericht amper verstuurd of ik krijg al een reactie terug.

Ja, ik had het vanochtend al gelezen en was nog steeds aan het dubben of ik het je wel of niet moest laten weten. Hij heeft je zoveel verdriet gedaan, dat heb ík hem in elk geval nooit vergeven.

Ze weet slechts een fractie van wat er allemaal gebeurd is, denk ik. Er is veel meer wat ze hem niet zou vergeven, heel veel meer. En wat ze mij ook niet zou vergeven. Ze kent de hele waarheid niet en die mag ze ook nooit te weten komen. Ik app haar terug.

Toch raar om na al die jaren dat ik niet wist waar hij was in de krant te lezen dat hij dood is. Ik kwam dat artikeltje toevallig tegen.

Ik ben blij dat ze mijn gezicht niet ziet terwijl ik het berichtje typ, want ze zou meteen zien dat ik lieg.

Het verbaast me eerlijk gezegd dat hij nog in leven was tot afgelopen week.

Hoezo?

Iemand verdwijnt spoorloos en laat tien jaar lang niks van zich horen? Dat betekent meestal niet veel goeds.

Vind je dat ik zijn moeder en zijn zus moet bellen?

Als jij je daar beter door voelt.

Je enthousiasme is overweldigend. Ik ben wel regelmatig bij die mensen over de vloer geweest. Wat je er ook van mag vinden, ze zijn wel hun zoon/broer kwijt.

Voor de tweede keer, dus dat maakt het alleen maar erger voor hen, lijkt me. Als je hem eindelijk gevonden hebt, verlies je hem weer.

Maar nu hebben ze zekerheid.

En ik ook.

Er stond vandaag een rouwadvertentie in het Algemeen Dagblad *en in* DordtCentraal *van zijn moeder en zus. De begrafenis is ergens eind volgende week in Nederland.*

Kun je me een foto van die advertentie appen?

Hoezo? Wil je naar de begrafenis?

Misschien. Moet ik over nadenken.

Goed, dan duik ik in de oudpapierbak in de hoop dat ik hem terug kan vinden.

Je bent een engel. Spreek je later. Mijn gasten drogen uit en moeten hoognodig worden bijgeschonken.

Leuke groep?

Heel!

Ik sluit af met een kus en krijg er meteen eentje retour.

'Lukt het daar of moet ik helpen?' hoor ik Bas roepen.

'Kom eraan!' roep ik terug.

7

Juni 2009

Met een grote zwaai gooit Lotte een paar tassen met geshopte spullen op Amy's bed.

'O, ik ben zo verliefd op die jurk!' jubelt ze. 'Die van jou is ook mooi, hoor, maar die van mij...'

Amy slaat Lotte plagerig met een van haar tassen tegen het hoofd. 'Denk erom, geen verkeerd woord over mijn jurk.' Vrijwel tegelijk laten ze zich achterovervallen op Amy's dikke tweepersoonsmatras.

'En dan te bedenken dat we onze jurken pas over ruim een maand mogen dragen!'

'Ga je hem aan Rick laten zien?'

'Het is verleidelijk, maar nee. Ik denk dat ik hem ga verrassen op de diploma-uitreiking. Kan hij vast oefenen in geduld. Als we gaan trouwen, mag hij mijn jurk ook niet van tevoren zien.'

'Wát, trouwen?' vraagt Amy verbaasd. 'Doe effe normaal zeg, laat je je niet een beetje te veel meeslepen door die vlinders in je buik? Jullie zijn nog megajong.'

'We zijn al twee jaar, drie maanden, vier dagen en...' Lotte kijkt op haar horloge, '... zestien uur samen.'

'Mijn hemel,' kreunt Amy.

'Je bent gewoon jaloers.'

'Zeker niet. Ik heb mijn verstand tenminste niet verloren.'

'Wacht maar tot je zelf verliefd wordt, dan praat je wel anders.'

'Ben ik veel te nuchter voor, om me zo te laten meeslepen. Bovendien ga ik me echt nog niet binden. Ik wil vrij zijn, wat van de wereld zien, de nieuwe Elizabeth Gilbert worden!' Amy staat op van het bed en begint met weidse armgebaren door haar kamer te dansen. 'En daarna, daarna wil ik pas beslissen wat ik later wil worden als ik groot ben.'

'Zeg, en die zoektocht naar "jezelf", ga je die in je eentje doen?'

'Ik vrees dat ik geen keus heb, want mijn beste vriendin is tegen die tijd een getrouwde huismoeke met vier kinderen aan haar rokken, die elke avond braaf een potje kookt voor haar lieftallige echtgenoot aan wie ze al sinds de middelbare school vastgeplakt zit.'

'Gatver, dat klinkt wel heel burgerlijk.'

'Niets zo burgerlijk als de angst voor burgerlijkheid.'

Amy trekt er een enorm serieus gezicht bij en heel even lijkt ze ermee weg te komen, maar dan schiet Lotte in de lach en kan Amy zich ook niet meer inhouden. Huilend van het lachen rollen de twee vriendinnen over elkaar heen en het duurt enkele minuten voordat ze zichzelf weer enigszins onder controle hebben.

'Maar even serieus, die truttigheid die je net omschreef,' zegt Lotte dan, 'denk je dat ik dat in me heb?'

'Je bent hard op weg.'

'Niet!'

'Oké, je kunt bewijzen dat er nog hoop voor je is. Stuur Rick nu een sms'je dat je bij mij blijft hangen en dat je vanavond pas naar hem toe komt.'

Lottes gezicht betrekt. 'Echt?'

'Nou, het hoeft niet, hoor. Graag of niet. Kom op Lot, gewoon een middagje ouderwets lol hebben. Blijf je lekker eten. Mijn moeder vraagt bijna wekelijks of we ruzie hebben, omdat je nooit meer aanschuift.'

'Hoe laat zal ik dan afspreken met Rick?'

'Jemig, moet ik alles voor je voorkauwen? Acht uur of zo, weet ik veel. Mijn moeder staat tot zes uur in de winkel en dan schuift ze de lasagne in de oven.'

'Lasagne? Jouw moeders lasagne is de lekkerste van de hele wereld. Oké, ik blijf.'

Lotte probeert overtuigend over te komen, terwijl het verlangen naar Rick knaagt in haar buik en ze eigenlijk niet weet hoe ze die extra uren zonder hem door moet komen. Het lijkt alsof Amy haar gedachten raadt.

'Ik heb een leuk idee. Aangezien je toch niet kunt stoppen met aan die jongen denken en je nu al je bruiloft aan het plannen bent, gaan we een trouwjurk passen! Kijken hoe je eruitziet in vol ornaat.'

'Wil je weer gaan shoppen? Ik heb nu al geen voeten meer over na al dat gewinkel van vandaag.'

'Relax, we hoeven er de deur niet voor uit. Mijn moeders trouwjurk hangt hier nog in de kast. Ze heeft ongeveer jouw lengte en volgens eigen zeggen was ze op haar trouwdag heel slank.'

Lotte denkt aan Amy's vrij gezette moeder en vraagt zich af of ze niet volslank bedoelt.

'Het was voor die tijd een heel moderne jurk,' doet Amy er nog een schepje bovenop, duidelijk in een poging om Lotte enthousiast te maken.

'Nou, oké dan, kom maar op met dat ding.'

Amy loopt de kamer uit en komt even later weer terug, met in haar ene hand een kledinghoes en een lingerietasje en onder haar andere arm een schoenendoos. 'Ogen dicht.'

Lotte gehoorzaamt en hoort het geluid van een opengaande rits.

'Ogen open. Tadaaa!'

Amy houdt een prachtige, gebroken witte satijnen jurk omhoog. Het lijfje is strak, met een laag uitgesneden decolleté waarvan de randen extra worden geaccentueerd door een rijtje pareltjes. De rok heeft een zeemeerminnenmodel dat strak om de heupen zit en naar beneden toe iets wijder uitloopt.

'Laat de achterkant eens zien.'

'Haha, ik zie het al, je bent helemaal verkocht.'

Amy draait de jurk om en onthult de rug, die net als de voorkant een uitsnede heeft waarvan de rand is afgezet met pareltjes. 'Kom op, trek hem eens aan.'

Lotte werkt zich vlug uit haar kleren en Amy overhandigt haar het lingerietasje, waar een satijnen strapless bh en een tanga in zitten in dezelfde kleur als de jurk. 'Dit hoort erbij.'

Lotte verruilt haar eigen eenvoudige katoenen ondergoed voor het setje van Amy's moeder, trekt de roomkleurige puntige pumps aan en wurmt zich dan in de jurk. '*Zip me up, dear.*'

Amy ritst de jurk dicht en fluit goedkeurend als Lotte zich omdraait.

'En? Kan ik ermee door?'

'Kan ik ermee door… is dat een serieuze vraag?'

Amy sleurt haar aan haar hand mee de kamer uit naar de slaapkamer van haar ouders, waar een grote passpiegel aan de muur hangt. Lotte houdt haar handen voor haar ogen. 'Ik durf niet te kijken.'

'Doe het toch maar.'

Als ze in de spiegel kijkt, springen de tranen in haar ogen. Kon Rick haar zo maar zien! Ze ziet dat Amy's ogen ook vochtig zijn.

'Alsof-ie voor je gemaakt is,' concludeert haar vriendin. 'Ik ben zo stikjaloers op dat prachtige lijf van je!'

Amy plaatst haar handen in haar zij en knijpt haar ogen een beetje samen.

'Wat?'

'Er ontbreekt nog iets.' Ze loopt naar het bed van haar ouders en tilt de rechtermatras omhoog. 'Kom eens. Als je me deze code even sms't, dan ben ik zo terug.'

'Ja, slimmerik, dan moet ik wel eerst even mijn telefoon pakken.'

Ze loopt naar Amy's kamer om haar Nokia uit haar tas te halen en is enkele tellen later alweer bij Amy. Op de lattenbodem van het bed ziet ze een geplastificeerd kaartje liggen. Ze neemt de matras van Amy over en wil het kaartje pakken.

'Nee, niet aankomen!' reageert haar vriendin paniekerig. 'Mijn vader heeft het meteen door als er iemand aan heeft gezeten. Gewoon die code overtypen in je telefoon en aan me sms'en.'

Voordat Lotte vragen kan stellen, is Amy al verdwenen. Lotte houdt de matras omhoog en typt met haar andere hand de uit acht cijfers bestaande code zorgvuldig over in de lege berichtregel, dan verzendt ze het bericht en gooit haar telefoon op het bed. Voorzichtig laat ze de matras weer zakken, zodat het kaartje niet verschuift. Vrijwel meteen piept haar telefoon. In de verwachting dat het Amy is, kijkt ze op het scherm. Het is een bericht van Rick met drie vraagtekens. Ze opent het bericht en ziet tot haar schrik dat ze niet Amy, maar per ongeluk Rick de code heeft gestuurd. Snel antwoordt ze hem.

Je kunt dit bericht negeren, niet voor jou. Ik leg het later wel uit. Ik eet vanavond bij Amy en kom dan naar je toe. Misschien kunnen we een filmpje kijken of zo?

Ze bestudeert de code nog eens goed, onthoudt de cijferreeks en stuurt deze dan alsnog aan Amy, die vast ongeduldig staat te wachten. Voor de zekerheid checkt ze nogmaals of ze het deze keer wel goed heeft gedaan. Ze wil haar telefoon net wegleggen als er weer een nieuw bericht binnenkomt. Het is Rick.

Je zou vanavond toch bij mij eten? Mijn moeder rekent erop en heeft allemaal lekkere dingen in huis gehaald.

Shit. Hoe kan ze dit oplossen zonder Amy of Rick teleur te stellen? *Niet*, zegt een onverbiddelijk stemmetje in haar hoofd. *Je zúlt moeten kiezen.*

Amy komt met een triomfantelijk gezicht de kamer binnen. In haar handen heeft ze juwelendoosjes in verschillende formaten van het merk Baunat. Ze legt ze voorzichtig op het bed neer voordat ze het grootste doosje openmaakt.

'Dit droeg mijn moeder bij die jurk.' Ze streelt met haar vinger over een prachtige, met diamanten ingelegde halsketting van witgoud voordat ze de andere doosjes met bijpassende oorbellen en een ring openmaakt.

'Dat ziet eruit als heel veel karaatjes,' zegt Lotte vol bewondering. 'Zal wel duur zijn.'

'Klopt, alleen die oorbellen zijn al een kleine auto waard.'

'En dat hebben jullie gewoon in huis liggen?'

'Nou, niet gewoon. Het ligt opgeslagen in de kluis waar we ook de duurdere stukken uit de winkel bewaren. Iemand moet echt heel wat moeite doen om die hoofdkluis te vinden, laat staan hem te kraken.'

'Je bedoelt als jullie beroofd zouden worden?'

'Ja. Dus dit is ultrageheime informatie die ik eigenlijk niet met je zou moeten delen.'

'Ik heb niks gehoord. Maar die code dan? Is het niet wat voorspelbaar om die onder een matras op te bergen?'

'Mijn pa ligt er elke nacht als een prins op de erwt bovenop. Hij is nogal overtuigd van zichzelf.'

'Beetje naïef, toch?'

'Dat misschien ook wel, maar hij vertrouwt blind op zijn grote vriend.' Amy wijst naar een honkbalknuppel die onder het bed ligt. 'Hij oefent nog regelmatig zijn slag op het atletiekveld. Maar genoeg over de homerunkoning. Kom, buk eens, dan doe ik die ketting bij je om.'

Amy gaat op haar tenen staan en Lotte buigt naar voren. 'Wat ben je toch een kleine opdonder, Eem. Mijn vader zou zeggen dat je niet genoeg schoppen hebt gehad.'

'Nou, dan ben jij vroeger zeker vaak in elkaar getrapt, met je één meter tachtig,' geeft Amy haar lik op stuk. 'O, wauw,' mompelt ze dan wanneer de ketting om Lottes nek hangt.

Lotte wil al naar de spiegel lopen om zichzelf te bewonderen, maar Amy houdt haar tegen. 'Eerst de oorbellen en de ring nog omdoen.'

Ze doet wat haar wordt opgedragen en gaat dan alsnog voor de spiegel staan. Het licht in de kamer geeft de briljantjes extra glans en maakt haar aanblik nog mooier. Ze glimlacht gelukzalig bij het zien van het eindresultaat. 'Ik denk dat ik hier wel aan kan wennen. Met die jurk en die prachtige sieraden voel ik me ineens heel speciaal.'

'Je bént ook speciaal,' zegt Amy.

'Als ik ooit ga trouwen, dan ben jij mijn bruidsmeisje én mijn getuige.' Ze pakt de hand van haar vriendin. Op dat moment horen ze beneden een deur dichtslaan.

Amy kijkt Lotte verschrikt aan. 'Shit! Mijn moeder is eerder thuis dan ik had gedacht. Als ze ziet dat ik in de kluis ben geweest, maakt ze me af.'

Meteen haalt Lotte de ketting van haar nek en daarna de ring van haar vinger. Ze heeft ze amper in de doosjes gestopt of Amy grist alles uit haar hand en rent de gang op. Gauw werkt Lotte zich uit de trouwjurk en het speciale ondergoed. Ze graait haar telefoon van het bed en rent dan zo stilletjes mogelijk met de kleding in haar armen terug naar Amy's kamer. Vanuit een ooghoek ziet ze haar vriendin een wandpaneel dichtschuiven. Eerst trekt ze snel haar eigen kleren weer aan en dan bergt ze de jurk weer op in de kledinghoes. Amy staat inmiddels hijgend voor haar neus, grist de jurk uit haar handen, propt de lingerie terug in het tasje en draaft ermee weg. Daarna hoeft Lotte alleen nog haar opgestoken haar los te trekken en wanneer ze dat heeft gedaan, gaat ze met haar rug naar de deur in kleermakerszit op het bed zitten. Enkele seconden later ploft Amy met een rood hoofd naast haar neer en nog geen fractie later zwaait de deur open.

'Hoi mam,' begroet Amy haar moeder met schrille stem. 'Lekker gewerkt?'

'Hé Lotte, wat leuk om jou weer eens te zien. Alles goed met je?' vraagt Amy's moeder.

Lotte draait zich half om. 'Dag, mevrouw Verdonk. Ja hoor, het gaat prima met me.'

'Nog steeds dikke verkering, als ik Amy mag geloven?'

Lotte bloost.

'Lotte eet vanavond met ons mee, mam, dus dan kun je haar er alles over vragen.'

'Nou, eh, ik eet toch niet mee. Ik was vergeten dat ik al een andere afspraak had. Eigenlijk moet ik er nu vandoor om nog op tijd te zijn.'

Amy kijkt haar verontwaardigd aan. 'Maar je had het beloofd!'

'Ik zou echt willen dat ik me in tweeën kon splitsen, Eem, maar Ricks moeder rekent op me met eten. Ze heeft van alles in huis gehaald.'

'Maar...'

'Afspraak is afspraak, dat begrijpen we wel,' sust Amy's moeder. Ze knipoogt naar haar dochter. 'En des te meer hebben wij van de tiramisu die ik net heb gehaald.'

Lotte maakt gebruik van het moment, zoent Amy op haar wang, pakt haar tassen en vlucht de kamer uit.

'Ik bel je!' roept ze nog. 'En dag mevrouw Verdonk, fijn u weer even gesproken te hebben!'

Eenmaal buiten loopt ze naar haar fiets, hangt de tassen aan het stuur en rijdt linea recta naar het station. Als ze de bus naar Zwijndrecht wil halen, heeft ze geen tijd meer om haar aankopen eerst thuis te droppen.

Hijgend en bezweet zit ze even later in de bus, waar ze boze blikken krijgt toegeworpen van enkele medepassagiers als ze deodorant onder haar oksels spuit. Ze doet net of ze het niet doorheeft en gaat verder met zichzelf te fatsoeneren. Ze haalt een borstel door haar haren en werkt haar make-up bij. Als ze het eindresultaat bekijkt in het spiegeltje dat altijd in haar tas zit, ziet ze iets glinsteren.

Shit!

In alle commotie is ze vergeten om de oorbellen terug te geven aan Amy, en haar vriendin heeft de juwelendoosjes niet meer gecheckt voor ze de kluis in gingen. Hoe heeft ze zo stom kunnen zijn? Ketting, ring, ondergoed, jurk – ze moest ook aan zoveel dingen denken en de stress om alles ongezien weer in de kluis te krijgen was hoog. Toen ze de oorbellen eenmaal in had, voelde ze ze niet meer zitten en Amy heeft haar er ook niet op geattendeerd.

De bus is inmiddels bij het station vertrokken. Wat moet ze doen? Bij de eerstvolgende halte uitstappen en weer teruggaan naar Amy? Maar nu haar moeder thuis is, kan Amy onmogelijk ongezien bij die kluis komen. En het zou alleen maar vragen oproepen en argwaan wekken als Lotte daar ineens weer op de stoep zou staan. Nee, ze kan beter wachten tot morgen, als Amy's ouders weer aan het werk zijn. Even overweegt ze nog of ze Amy moet inlichten, maar dan bedenkt ze dat haar vriendin waarschijnlijk alleen maar gek zou worden van de stress. Nee, dat is geen goed plan. Het is echt beter om die dingen morgen gewoon terug te brengen alsof er niets gebeurd is.

Maar die oorbellen zijn een godsvermogen waard! Wat als je beroofd wordt?

Het stemmetje vanbinnen dat ze al meer dan twee jaar niet heeft gehoord, maar dat vroeger – voordat ze Rick leerde kennen – altijd direct klaarstond om kritiek te leveren, is ineens weer terug. Schichtig verbergt ze haar oren met de dure knopjes zo veel mogelijk achter haar haren. Ze durft ze niet uit te doen en in haar tas te stoppen, want de kans dat ze ze dan kwijtraakt, is veel te groot en dat zou pas echt een ramp zijn. Ze zou fulltime moeten gaan werken om de schade te vergoeden.

Rund dat je bent!

Het angstzweet breekt haar uit. Amy is al boos op haar omdat ze weer voor Rick heeft gekozen en dit zal het er niet beter op maken.

De rest van de busrit trommelt ze zenuwachtig met haar vingers op haar knieën. Het gaat haar allemaal veel te langzaam. Ze hoort de passagier naast haar geërgerd zuchten en besluit er niet op te reageren. Ruim voordat de bus haar eindbestemming heeft bereikt, staat ze al in het gangpad. De paal waar ze zich aan vasthoudt, behoedt haar voor een val als de bus met een schok tot stilstand komt. Ze wurmt zich naar de deur en krijgt even geen lucht meer als haar rechteroor langs een schouder strijkt. Paniekerig voelt ze of de oorbel nog op zijn plek zit.

Eenmaal op straat overweegt ze heel even om Rick te bellen of hij haar komt ophalen, maar dat idee verwerpt ze even snel weer. Het is maar een halve kilometer lopen vanaf de bushalte naar zijn huis. Tegen de tijd dat hij zijn scooter uit de schuur heeft gehaald en heeft gestart, is zij al halverwege als ze een beetje doorloopt. Ze checkt nog een keer of de sluiting van de oorbellen goed vastzit, drukt haar tassen tegen haar borst en begint dan te rennen.

'Wat kijk je beteuterd.' Rick pakt Lottes jas aan en geeft haar een zoen. 'Is alles goed met je?'

'Laten we het er maar op houden dat het een beetje een rare dag is.'

'Daar kom je niet mee weg, vertel.'

'Ik was met Amy voor de gein de trouwjurk van haar moeder aan het passen.'

'O, daar had ik wel bij willen zijn,' zegt Rick grijnzend.

'Dat zal wel, ja. Maar goed, toen ik die jurk eenmaal aanhad, ging Amy ook nog de sieraden die haar moeder er destijds bij droeg uit de privékluis halen, om het totaalplaatje rond te krijgen. Het was een set van een ketting, een ring en oorbellen van witgoud en briljanten. Echt dure shit. Volgens Amy kun je voor dat geld een kleine auto kopen. Nieuw. Ineens kwam haar moeder thuis en die mocht niet weten dat Amy in de kluis had lopen rommelen. Ik heb dus snel die sieraden afgedaan en de jurk uitgetrokken, alleen ben ik in de haast toen vergeten die oorbellen terug te geven. Daar kwam ik in de bus hiernaartoe pas achter.'

Lotte strijkt haar haren achter haar oor en laat Rick de oorbellen zien. Hij fluit zachtjes tussen zijn tanden.

'Die zien er inderdaad heel duur uit. Jammer dat je ze terug moet geven.'

'Nou, ik kan niet wachten tot ik die dingen weer kwijt ben. Ik voel me er niet echt senang bij om zo'n kapitaal bij me te dragen. Straks raak ik ze nog kwijt! Ik heb het Amy nog niet eens durven vertellen.'

'En ik maar denken dat je een geweldig gangsterliefje zou zijn.'

'Had je plannen in die richting?'

'Niet echt, maar hoe tof zou het zijn om ineens een klap geld te hebben zodat we naar het buitenland kunnen vertrekken. Ik fantaseer daar weleens over.'

'Stop daar maar mee dan, want dat gaat niet gebeuren. Tenzij je de staatsloterij wint.'

'De kans dat ik door de bliksem word getroffen is groter dan dat ik een winnend lot in handen krijg. Zeker met mijn aanleg voor geluk.'

'Ik dacht dat jij niets te klagen had. Je hebt mijn hart gewonnen. Over geluk hebben gesproken.' Lotte kust hem verleidelijk op zijn mond.

'Dat is waar. Maar wat ga je nou doen? Ze weer terugbrengen?'

‘Ja. En maar hopen dat haar ouders niet in de kluis kijken tot die dingen weer op hun plek liggen.’

‘Waarom zouden ze? Het principe van een kluis is dat je hem zo veel mogelijk dicht laat, toch?’

‘Ze bewaren er niet alleen privédingen in, maar ook waardevolle stukken uit de winkel, dus die kluis wordt regelmatig gebruikt. O shit, dat had ik niet mogen zeggen. Amy heeft me dat in vertrouwen verteld. Je mag nooit aan haar laten merken dat ik het aan jou heb doorverteld, Rick. Zweer je dat?’

‘Op het graf van mijn oma.’

‘En heb je die code nog gewist die ik je had ge-sms’t?’

‘Nee, vergeten. Ik zal het zo meteen even doen.’

Lotte knikt tevreden en schrikt als ze vanuit haar ooghoek de deur naar de kamer ziet bewegen. Rick ziet het ook en loopt ernaartoe. Als hij de deur helemaal opengooit, zien ze Sven net op de bank neerploffen. Uit de bierflesjes die op tafel staan, concludeert Lotte dat hij hier al even is. Argwanend kijkt ze hem aan. Heeft hij staan luistervinken? Ze krijgt het Spaans benauwd bij de gedachte alleen al. Rick vertrouwt ze volledig, maar Sven niet. Voor geen meter. Ze mag hem niet, met zijn geblow en gegok. En dat geniepige lachje op zijn gezicht. Ze begrijpt nog steeds niet wat Rick in hem ziet en waarom hij zoveel met hem omgaat. Van dat ruwe-bolster-blanke-pitverhaal dat hij altijd ophangt om zijn vriend te verdedigen, gelooft ze helemaal niets en wat maakt het uit dat hij hem al zijn hele leven kent? Zij kent Amy ook al een eeuwigheid, maar is niet blind voor haar onhebbelijkheden en durft haar best op dingen aan te spreken, zoals dat andersom soms ook het geval is. De kracht van een goede vriendschap zit hem er toch juist in dat je alles tegen elkaar kunt zeggen zonder dat het ten koste gaat van die vriendschap? Rick verdedigt en slijmt alleen maar als het om Sven gaat.

Soms vraagt ze zich af of het komt omdat Rick bang is voor zijn vriend. Svens woedeaanvallen waar Rick weleens over mompelt heeft ze zelf nog nooit meegemaakt, maar ze kan zich er absoluut iets bij voorstellen. En dan zijn er ook nog die andere vrienden van Sven die ze weleens heeft gezien – Sam Mooijman en die ander wiens naam ze is vergeten – dat zijn écht foute jongens. Die dealen drugs en stelen alles wat los en vast zit zodra ze de kans krijgen. Rick heeft zich er nooit zo over uitgelaten wat hij van ze vindt, maar ze heeft hem gevraagd niet met die gasten om te gaan. Meer dan een halfzachte belofte dat hij zo min mogelijk met hen optrekt, wilde hij niet doen.

'Dag Lotte,' zegt Sven, terwijl hij breeduit op de bank gaat zitten.

Lotte geeft een afgemeten 'Hoi' als antwoord en gaat zo ver mogelijk bij hem vandaan zitten. 'Blijf je ook eten?' vraagt ze hem.

'Nee, ik heb andere plannen.'

Gelukkig, denkt ze.

'Jij ook een biertje, Lot?' Rick pakt de lege flesjes die op tafel staan.

'Nee, doe maar een frisje.'

'Cola?'

'Prima.'

Rick verdwijnt naar de keuken en Sven schuift naar voren op de bank. Zijn priemende ogen blijven hangen op Lottes oren. 'Leuke belletjes, Lotte. Nieuw?'

De manier waarop hij het zegt, bezorgt Lotte de kriebels. Alsof hij niet zal aarzelen om de oorbellen uit haar oren te trekken als hij de kans krijgt. Vlug verbergt ze haar oren achter haar haren.

Rick komt de kamer weer binnen met twee biertjes en een cola. Hij zet de drankjes op tafel en legt zijn telefoon ernaast, daarna gaat hij tussen haar en Sven in zitten. Sven buigt voorover om zijn biertje te pakken, maar doet dat zo lomp dat het flesje omvalt. Bier loopt over de tafel en Ricks mobiel.

'Shit man, je *phone*.'

Sven springt op, pakt het toestel en loopt snel richting de keuken. Wanneer Rick wil opstaan om hem achterna te gaan, gebaart zijn vriend dat hij moet blijven zitten.

'Blijf jij maar bij je vriendinnetje zitten, ik regel het wel. Het was mijn fout.'

Hij verdwijnt in de keuken, en Lotte en Rick horen de kraan lopen. Verder blijft het stil.

'Ik ga even een doek pakken voor de tafel, voordat dat bier op de vloer druipt.'

Lotte staat op en loopt naar de keuken. Sven staat met zijn rug naar haar toe als ze de deur opendoet. Op de mobiel die hij in zijn kontzak draagt komt luidruchtig een berichtje binnen.

'Lukt het?' vraagt ze.

Hij lijkt te schrikken, maar herstelt zich snel. 'Wat doe je hier? Ik zei toch dat ik het zou regelen.'

'Met jouw tempo ligt de vloer straks ook nog vol met bier. Ik heb een vaatdoek of een handdoek nodig om de tafel droog te vegen.'

'In het gootsteenkastje,' zegt Sven, alsof het zijn keuken is. Hij draait zich om en dept opzichtig met een handdoek over Ricks telefoon. 'Ik denk dat het allemaal net goed is gegaan. Beetje plakkerig, maar hij doet het nog.'

Haastig loopt hij daarna de keuken uit, Lottes onderzoekende blik ontwijkend. Ze volgt hem met een tweetal vaatdoekjes en terwijl zij de tafel droogveegt, geeft Sven de schoongemaakte telefoon aan Rick.

'*Thanks, mate*.'

Sven knikt. 'Zeg jongelui, het was me weer een waar genoegen. Ik ga er maar weer eens vandoor.'

'Je hebt je biertje nog niet op.'

'Geen trek meer. Jij weet vast wel raad met het restant.'

'Oké man, later.'

Rick steekt zijn vuist naar Sven toe en zijn vriend tikt de zijne ertegenaan. Lotte zucht opgelucht als ze kort daarna de voordeur hoort dichtslaan.

'Je mag hem nog steeds niet, hè?' vraagt Rick met enige ergernis in zijn stem.

'Nee, sorry. Alleen al niet vanwege het feit dat hij het enige meningsverschil is dat tussen ons in staat.'

'Hij heeft je toch nooit iets gedaan?'

'Nee, maar ik vertrouw hem gewoon niet. Mijn onderbuik slaat op tilt van die gast.'

'Moet ik jaloers zijn?'

'Van jou krijg ik een heel ander onderbuikgevoel dan van hem.'

Lotte gooit de plakkerige vaatdoeken die verzadigd zijn met bier op tafel, gaat schrijlings op Ricks schoot zitten en zoent hem terwijl ze haar armen om zijn nek slaat. Zijn hand gaat naar haar buik.

'Waar zit dat onderbuikgevoel precies?' vraagt hij op fluistertoon, terwijl zijn vingers richting haar broeksband kruipen en er vervolgens onder verdwijnen. Hij vat haar siddering op als een aanmoediging en zijn vingers kruipen verder naar beneden terwijl haar ademhaling hoorbaar versnelt. Maar het geluid van een telefoon maakt hier abrupt een einde aan. Ricks mobiel. Ze herkent de ringtone van 'Boom Boom Pow' van The Black Eyed Peas.

'Ik zou het bijna jammer vinden dat je telefoon het nog doet,' grinnikt ze zachtjes, terwijl ze naar de tafel reikt en het ding aan Rick geeft. 'Je moeder die wil checken of we onze kuisheidsgordels nog om hebben.'

Rick slaat zijn ogen ten hemel en neemt op. 'Hi, mam... Ogenblikje, ik vraag het even.' Hij houdt zijn hand voor de luidspreker van de telefoon. 'Wat je wilt eten.'

'Lasagne?'

Kijken of Mia de lasagne van Amy's moeder kan evenaren.

'Nee, verder geen wensen, toch Lotte?'

'Nee,' zegt ze hardop zodat Mia het kan horen, terwijl ze met een ondeugend gezicht Ricks hand weer op haar buik legt.

'Zie je zo, mam, ik moet ophangen,' beëindigt hij het gesprek haastig. Hij wil zijn telefoon van zich afgooien, maar Lotte houdt hem tegen.

'Had je die code nou nog gewist die ik je had gestuurd?'

'Ja, toen ik de drankjes ging halen. Tenminste… ik was het van plan, maar ik begin nou een beetje te twijfelen.'

Hij checkt zijn telefoon en fronst zijn wenkbrauwen. 'Nou, kennelijk toch, kijk maar.' Hij houdt Lotte zijn toestel voor en als ze door de berichten scrolt die ze aan Rick heeft gestuurd, vindt ze inderdaad de code niet meer terug.

'Goed, waar waren we gebleven…' Hij trekt haar naar zich toe en wil haar zoenen. Ze weert hem af en legt haar hand over zijn mond.

'Je bent nog niet van me af. Waarom zei je dat je moeder allemaal lekkere dingen in huis had gehaald voor me, terwijl ze blijkbaar nog boodschappen moet doen voor vanavond?'

'Leugentje om bestwil om je over te halen niet bij Amy te blijven eten. Het heeft gewerkt, toch?'

'Sinds wanneer heb jij leugentjes nodig om iets van mij gedaan te krijgen?'

'Ik wil je gewoon voor mezelf hebben, is dat zo erg?'

'Nee, maar ik wil niet dat je tegen me liegt. Bovendien heb je gedoe tussen mij en Amy veroorzaakt met je "leugentje om bestwil". Ze was behoorlijk pissig. Ik had haar al beloofd dat ik bij haar zou blijven eten.'

'Ze is gewoon jaloers.'

'Moet jij nodig zeggen. Amy is mijn beste vriendin en dat zal ze altijd blijven, er is niets wat tussen ons in kan komen te staan.'

'Zelfs ik niet?'

'Zelfs jij niet.'

'Oké, dat accepteer ik, maar dan moet jij ophouden met zeuren over Sven. Als ik Amy moet accepteren, dan verwacht ik van jou hetzelfde ten opzichte van Sven.'

Lotte trekt een gezicht als een oorwurm. 'Oké, deal. Ik zal niet meer zeuren, maar je kunt me niet dwingen om hem aardig te vinden want dat gaat never nooit gebeuren.'

Rick strijkt een pluk haar achter Lottes rechteroor en kijkt bewonderend naar de oorbel. 'Jammer dat je ze niet mag houden. Ze zijn echt mooi... Maar niet zo mooi als jij,' laat hij er snel op volgen. 'Ooit, op een dag, hoop ik je zoiets prachtigs te kunnen geven.'

'Mooi streven,' zegt Lotte lachend. 'En tot die tijd moet je me dan maar cadeautjes in natura geven.' Ze duwt Rick achterover op de bank en bijt hem plagerig in zijn lip.

8

Heden

Alsof ik nog niet genoeg aan mijn hoofd had, is er vanochtend blinde paniek uitgebroken. Een van onze gasten, Carolien, is spoorloos verdwenen. Ik heb haar nog even gesproken in de ontbijtzaal, niet wetende dat ik de laatste zou zijn die haar heeft gezien. Daarna is ze met de noorderzon vertrokken, zonder een briefje of een aanwijzing achter te laten. Nienke, haar dochter, is in alle staten en dat begrijp ik maar al te goed. Onder leiding van Bas is er een zoektocht op stapel gezet en ons terrein is helemaal uitgekamd. Een aantal van de andere gasten heeft spontaan aangeboden mee te helpen, dus kan ik me concentreren op enkele huishoudelijke taken. Iets wat ondanks de netelige situatie toch ook moet gebeuren.

Eerlijk gezegd ben ik wel blij dat ik me even aan alle hectiek kan onttrekken. Ik heb vannacht natuurlijk geen oog dichtgedaan en voel me ronduit brak. Die paar glazen Aperol Spritz van gisteravond hebben ook niet echt een gunstige uitwerking op mijn gestel. Een zeurende pijn klopt achter mijn ogen en de paracetamol lijkt zijn werk nog niet te doen. Ik heb het aan mezelf te wijten dat we gisteren uiteindelijk cocktails drinkend op een terras belandden; als ik er met mijn gedachten bij was geweest, beter had opgelet, dan had ik gezien dat Carolien veel te veel likeur in de tiramisu gooide, waardoor we voor het toetje moesten uitwijken naar Todi. Maar goed, toen de alcohol tegen middernacht een beetje indaalde, was ik toch blij met het onverwachte uitstapje. Het gaf afleiding, een break van mijn rondtollende gedachten waar ik hard aan toe was. Maar nu...

Ik weet nu bijna vierentwintig uur dat Rick dood is, maar ben nog niet aan het idee gewend. *Rick is dood.* Steeds als het door mijn hoofd schiet, gaat er weer een schok door mijn lijf die me even helemaal lamlegt. Hij is niet 'gewoon' dood, hij is vermoord en ik weet wie het gedaan heeft. Voor de tweede keer in mijn leven beschik ik over cruciale informatie waar de politie verder mee zou kunnen en net als de vorige keer houd ik mijn mond. Praten gooit veel te veel overhoop en Rick krijg ik er niet meer mee terug. Bovendien klinkt een 'ongeluk' voor zijn nabestaanden veel vriendelijker dan 'moord'. In wezen doe ik ze er dus een plezier mee.

Maak dat de kat wijs.

Ik denk aan Ricks moeder Mia en zijn zus Anouk en mijn hart krimpt ineen. Ze zijn altijd goed voor me geweest en ze verdienen deze ellende niet. Na Ricks verdwijning hebben we nog even contact gehouden, maar binnen een jaar verwaterde het. Zo gaan die dingen. *Life goes on*, proberen we dat onszelf niet altijd wijs te maken? Vergeten, zo veel mogelijk vergeten, dat was mijn strohalm om door te gaan met mijn eigen leven. Ik heb de strohalm gepakt, ik moest wel.

Nadat ik alle kamers heb gedaan, ben ik nu eindelijk toegekomen aan het opruimen van de ontbijtzaal. Ik stapel de vuile borden op en zet ze even op een krant op de leestafel die centraal staat in de ontbijtruimte. Daarna verzamel ik de glazen en kop-en-schotels op een dienblad. Met een vochtige doek neem ik de tafels af en ik vang alle kruimels op in mijn handpalm. Ik heb dit werk al zo vaak gedaan dat ik er niet bij na hoef te denken. Gewoon doen en niet denken is een welkome afwisseling voor mijn overvolle hoofd. Net op het moment dat ik de stapel borden oppak om ze af te voeren naar de keuken, klinkt er een stem.

‘Wel, wel, zijn we lekker het huisvrouwtje aan het uithangen?’

Ik verstijf en laat bijna de borden uit mijn handen vallen. Ik hap naar adem. Hij komt op me aflopen en ik wil wegvluchten, desnoods naar de andere kant van de wereld. Mijn voeten lijken vastgelijmd aan de vloer en verzetten geen stap. In zijn handen heeft hij een doosje waar een slordige strik omheen is gebonden. Hij zet het op tafel, pakt de borden uit mijn handen en ik laat het gebeuren. De vechtlust stroomt weg uit mijn lijf als lucht uit een ballon. Het moment dat hij binnenliep, is mijn wereld voorgoed veranderd. Ik wil hier niet zijn en hoe wanhopig ik ook zoek, ik kan de resetknop niet vinden om het ongedaan te maken. Om deze dag opnieuw te beginnen zonder een wolkje aan de lucht.

‘Ondanks die Italiaanse zon zie je wel wat bleekjes.’

Zijn stem haalt me uit mijn catatonische toestand. Ik voel trillingen in mijn lijf. In mijn handen, mijn benen. Ik probeer het tegen te gaan door mijn spieren aan te spannen. Ik wil niet dat hij ziet dat ik het hier ter plekke in mijn broek sta te doen en dat ik alles op alles moet zetten om mezelf weer te herpakken.

‘Wat doe je hier?’ vraag ik, terwijl ik de bibbers uit mijn stem probeer te weren.

‘O, nu ken je me ineens wel?’ Hij kijkt me aan met die valse blik die ik nooit meer hoopte te zien. ‘Je wilt weten wat ik hier doe? Ik kom een cadeautje brengen van onze gezamenlijke vriend. Ik dacht dat je dat wel zou kunnen waarderen.’

Hij lacht zijn gebit bloot, dat er in de loop der jaren niet beter op is geworden, en zijn stinkende adem prikkelt mijn neus onaangenaam.

‘Ik wil dat je weggaat.’

‘Of anders? Dan bel je de politie? Succes.’

Hij maakt zich breed en gaat met zijn armen over elkaar voor me staan. Even lijkt het alsof er niets anders bestaat dan hij en ik, maar het geroep om Carolien dat tot in de ontbijtzaal doordringt, brengt de wereld om me heen weer tot leven. Het hele terrein is uitgekamd, maar de arme vrouw is niet gevonden en zojuist is er besloten om in Todi verder te zoeken. Terwijl de anderen nog luidkeels haar naam roepen, is Bas snel even wat flyers in elkaar aan het draaien.

Bas! Bas mag hem niet zien! Maar hoe krijg ik hem hier weg?

Ik kijk naar het onverzettelijke brok spieren voor me en weet dat ik geen enkele kans maak als het erop aankomt. Als het op kracht aankomt, win ik het nooit. Maar wie niet sterk is, moet slim zijn – ik moet een list verzinnen. Alleen laat mijn hoofd me in de steek, hoe ik ook mijn best doe. Het is doodstil daarbinnen, op die inmiddels dreunende koppijn na.

'Ik wil dat je weggaat,' sis ik nogmaals, maar ik hoor zelf ook wel hoe lachwekkend dat klinkt. Op dat moment gaat de deur open.

'Clau...' begint Bas, totdat hij ziet dat ik niet alleen ben.

Op het gezicht van mijn bezoeker verschijnt een valse glimlach en de grond zakt onder mijn voeten vandaan. Hij draait zich om naar Bas en steekt hem zijn hand toe. 'Hallo, ik ben...'

'Danny,' zeg ik vlug, de eerste de beste naam die in me opkomt.

Hij kijkt me even aan en een glimlach verschijnt op zijn gezicht. '... Danny, een kennis van vroeger. Ik was in de buurt en dacht: ik ga even hallo zeggen.'

'Wat leuk dat je even langskomt, Danny.'

Bas schudt hem hartelijk als altijd de hand en kijkt me vragend aan. Hij hoeft de woorden niet uit te spreken. Ik weet wat hij denkt. *Wie is Danny? Ik kan me niet herinneren dat ik je daar ooit over heb gehoord.* Ik bedank hem in stilte dat hij de vraag niet hardop stelt. Door zijn uitstekende sociale voelsprieten maakt hij mijn situatie gelukkig niet nog nijpender.

Nu ik van de eerste schrik ben bekomen, zie ik pas de stapel papier die Bas vasthoudt. 'Jullie zijn klaar om te vertrekken?' weet ik eruit te persen.

'Ja, we gaan zo. Red jij je hier?'

Er klinkt bezorgdheid door in zijn stem terwijl zijn ogen heen en weer schieten tussen mij en deze man die hij niet kent.

'Ja hoor, ik bewaak het fort,' stel ik hem gerust. Ik probeer zo overtuigend mogelijk over te komen.

'Zie ik je straks nog, Danny?' Het is beleefd bedoeld.

'Nee,' zeg ik snel, voordat hij antwoord kan geven. 'Danny is op doorreis naar een volgende afspraak. Toch, Danny?'

Hij draait zich langzaam om en kijkt me even zwijgend aan. Dan keert hij zich weer om naar Bas. 'Je vrouw en ik doen alleen even een bakkie terwijl ze haar cadeautje uitpakt.'

Het klinkt smalend.

'Goh, wat aardig van je,' antwoordt Bas.

'Danny' loopt naar de tafel en pakt het doosje met de strik eraf. 'Misschien wil ze het wel openmaken waar jij bij bent.' Hij steekt me het pakje toe terwijl hij me strak blijft aankijken. Ik pak het niet aan.

'Eerst een bakkie dan het pakkie.' Ik probeer niet met mijn ogen te knipperen terwijl ik hem aankijk en voordat hij kan reageren, richt ik me weer tot Bas.

'Ga maar, schat, de gasten hebben je nu harder nodig dan ik. Vanavond laat ik je zien wat Danny voor me mee heeft gebracht.'

'Het is anders ook een beetje voor Bas, hoor.' Hij reikt nu Bas het doosje aan. 'Misschien wil jij het anders even uitpakken terwijl Claudette koffiezet?'

Een rilling loopt over mijn rug als ik hem mijn naam hoor uitspreken. Weer heb ik het gevoel dat de grond onder mijn voeten wordt weggeblazen. Wat er ook in het doosje zit, er kan niets goeds van komen. Ik moet hoe dan ook voorkomen dat Bas uit beleefdheid dat pakje openmaakt.

'Bas moet nu gaan.'

Ik weet niet hoe ik het voor elkaar krijg, maar mijn stem klinkt uiterst beheerst.

'Claudette is dol op verrassingen, dus ik gun haar de eer om het pakje zo open te maken. Klets lekker bij en wie weet tot ziens. Je bent altijd welkom hier.'

'We gaan elkaar vast en zeker nog eens zien.'

Bas knikt hem toe en richt zich dan tot mij. 'Ik laat het je weten als er nieuws is, Claudette.' Hij wappert met de flyers ten afscheid en verdwijnt naar buiten, en pas dan durf ik weer vrijuit adem te halen.

Ik kijk mijn bezoeker aan en sla mijn armen over elkaar. 'Oké, wat wil je nou eigenlijk van me?'

'Je weet heel goed wat ik van je wil. Zoals ik je al mailde, heb ik een heel interessant gesprek met je voormalige liefje gehad over jou en wat onopgeloste dingetjes. Dus ga jij naar Nederland om bepaalde zaken voorgoed uit de wereld te helpen. Als je mij teruggeeft wat van mij is, dan zul je geen last meer van me hebben. Dan kun je hier je gemaakte droomleventje onder de Italiaanse zon gewoon voortzetten alsof er niets gebeurd is.'

'Ik weet niet wat "mijn voormalige liefje" je allemaal heeft wijsgemaakt, maar er klopt geen mallemoer van. Ik heb tien jaar geleden voor het laatst contact met hem gehad. Als je problemen met hem hebt, dan moet je die met hem uitvechten. Laat mij erbuiten, eikel!'

Zijn ogen spuwen vuur en ik krimp in elkaar als hij op me afloopt. Zijn hand neemt mijn keel in een ijzeren greep en ik kan alleen nog piepend ademhalen als hij me met enorme kracht tegen de muur vastpint. Met zijn lijf blokkeert hij het mijne zodanig dat ik geen kant op kan.

'Dit is helemaal niets vergeleken met wat ik met Rick ga doen als je niet meewerkt. Begrepen?' fluistert hij in mijn oor.

Ik probeer met mijn hoofd te knikken en zijn greep op mijn keel wordt iets losser.

'Ga je verstandig doen en meewerken?'

Opnieuw knik ik en hij laat me los. Hij doet een stap naar achteren en bekijkt me van een afstandje. Een glimlach verschijnt rond zijn mondhoeken.

'Ik wist het wel, meissie.'

Mijn keel brandt, maar ik weet toch iets uit te brengen. 'Rick is dood, klootzak!' Het klinkt alsof ik net een heel pakje sigaretten heb opgerookt. 'Dat weet je maar al te goed, dus hou op hem als chantagemiddel te gebruiken.'

Een moment lang lijkt hij van zijn à propos, dan is het alsof het licht in zijn ogen dooft. Ik sta als versteend, tuur in die dode pupillen. Dan schiet uit het niets een gebalde hand naar voren en ik krimp in elkaar en gil, maar er komt niks anders dan wat gepiep uit mijn keel. Zijn vuist belandt vlak naast mijn hoofd met een doffe dreun tegen de muur. Het moet hem ongelooflijk veel pijn hebben gedaan, maar hij verblikt of verbloost niet. Niet van de pijn althans, wel van woede. Onbeschrijflijke woede die de lucht zo zwaar maakt dat ik nauwelijks kan ademen. Ik word haast misselijk als ik me probeer voor te stellen wat het resultaat zou zijn geweest als zijn vuist niet die muur, maar mij had geraakt.

'De volgende keer is het raak,' waarschuwt hij hijgend.

O, wat ben ik blij dat Bas er niet is. Hij zou kansloos zijn geweest wanneer hij zou hebben geprobeerd me te beschermen tegen deze gek. Maar omdat hij nu op zoek is naar Carolien, is hem dat bespaard gebleven. *Ik moet maar een grote bos bloemen voor haar kopen wanneer ze straks weer veilig terug is,* schiet het door mijn hoofd, *want zonder het te weten heeft ze mijn man behoed voor dingen waar ik niet eens aan wil denken.*

De gedachte aan wat Bas bespaard is gebleven, zorgt er vreemd genoeg ook voor dat mijn moed weer terugkomt. Ik haal een paar keer diep adem. 'Er komt geen volgende keer, klootzak,' zeg ik beslist. 'Je dondert nu op en ik wil je hier nooit meer zien.'

Dat het heel onverstandig is, interesseert me even geen biet. Hij heft zijn gewonde hand en balt hem weer tot een vuist. Voor zover dat gaat tenminste, want de wonden op zijn knokkels bloeden en de boel zwelt zo snel op dat ik het met het blote oog haast kan volgen.

'Doe dan,' daag ik hem uit.

'Ik zou je ter plekke dood moeten slaan.'

'Moet je doen. Mijn man heeft je gezien en reken maar dat hij niet zal rusten totdat hij je gevonden heeft en je de straf krijgt die je verdient.'

Ik zie zijn ogen vlammen, maar zijn vuist ontspant zich en zijn arm zakt langs zijn lichaam. Plotseling grijpt hij met zijn andere hand mijn haren en trekt mijn hoofd naar achteren. Hij is zo snel dat ik amper doorheb wat er gebeurt, laat staan dat ik me ertegen kan verzetten. De druk op mijn nek is enorm en ik ben bang dat er iets zal knappen. Hij is in staat om mijn nek te breken, daar twijfel ik geen moment aan.

Hij is achter me gaan staan en begint in mijn oor te fluisteren. Zijn stinkende adem doet me naar frisse lucht snakken. 'Ik laat je niet met rust totdat je me vertelt waar het is. Vanaf nu zul je altijd over je schouder moeten kijken, heb je geen dag meer rust. Dat relaxte leventje van je is voorbij. Maar… je kunt het terugkrijgen. Aan jou de keuze. Vandaag is een eerste waarschuwing en omdat het de eerste is, zal ik een beetje lief voor je zijn. Dat was ik in eerste instantie ook voor Rick, maar die was al net zo stronteigenwijs als jij en daar heeft hij een hoge prijs voor moeten betalen.'

'Je hebt hem vermoord.'

'Denk maar wat je denken wilt. Misschien vertel ik je ooit nog weleens wat er echt is gebeurd. Een verslagje van minuut tot minuut met elke vloek en al het gekrijs. Zijn laatste uren zijn niet fijn geweest, dat kan ik je wel vast verklappen.'

Hij geeft nog een flinke ruk aan mijn haren en gooit me dan met kracht van zich af. Ik val hard voorover en kom met zo'n klap op de grond terecht, dat alle lucht uit mijn lijf wordt geslagen. Voordat ik overeind kan komen, voel ik zijn schoen stevig op mijn ruggengraat drukken. Als een vis op het droge kan ik geen kant op.

'Rick mag dan dood zijn, maar er zijn nog genoeg andere manieren te verzinnen om ervoor te zorgen dat je meewerkt. Als de mensen van wie je houdt je echt lief zijn, dan zou ik maar twee keer nadenken. Je hebt mijn e-mailadres en ik zal je mijn telefoonnummer geven.'

Hij trekt mijn mobiel uit mijn kontzak. 'Pincode?'

Zijn schoen boort zich dieper in mijn rug als ik niet meteen antwoord geef. Ik stamel mijn pincode en aan het geluid dat mijn telefoon maakt, hoor ik dat hij een appje verstuurt. Een fractie later piept de zijne.

'Bedankt voor je aardige berichtje, had je niet hoeven doen. Ik zou je willen adviseren niet te lang te wachten met naar Nederland te komen. Tot ik je bevestiging heb, zal ik je elke dag een leuke reminder sturen.'

Om zijn woorden kracht bij te zetten, duwt hij zijn voet nog eens extra hard in mijn rug. Een pijnlijke zucht ontsnapt aan mijn longen. Hij grinnikt. Dan tilt hij zijn voet op en loopt naar de deur. Voordat hij naar buiten gaat, draait hij zich nog een keer om.

'Vergeet je cadeautje niet open te maken. Het is maar een kleinigheidje, maar niet minder gemeend.'

Dan is hij net zo plotseling verdwenen als hij daarnet voor mijn neus stond, en als ik niet beter zou weten zou ik zeggen dat ik het gedroomd heb. Kreunend kom ik overeind en ik blijf even gehurkt zitten als een duizeling me overvalt. Als de ontbijtzaal stopt met draaien, sta ik met onvaste benen op.

Het 'cadeautje' staat op de tafel waar ik eerder nietsvermoedend het vuile servies op heb verzameld. Het kartonnen doosje lijkt me te roepen. Ik probeer me ervoor af te sluiten, maar de aantrekkingskracht is enorm. Eigenlijk zou ik het ongezien moeten weggooien. Hem geen kans moeten geven mij onder druk te zetten. Ik gris het van tafel en gooi het in de overvolle prullenbak die ik toch nog moet legen. Daarna breng ik op wankele benen de vuile vaat naar de keuken. Als ik de vaatwasser heb ingeruimd, loop ik weer terug naar de ontbijtzaal, waar de overvolle prullenbak achter de bar wacht om te worden geleegd. Ik probeer niet naar het pakje te kijken en knoop de zak dicht. Ik breng hem naar buiten, loop naar de verzamelcontainer die verderop staat en doe de klep open. Ik slinger de zak omhoog, maar halverwege blijft mijn arm in de lucht hangen. *Ik kan het niet. Ik kan het doosje niet ongeopend weggooien.*

Met klauwende vingers ontwar ik de stevige knoop die ik in de zak heb gelegd en daarna snijd ik met een sleutel de doorzichtige tape door waarmee het doosje dicht is geplakt. Zodra ik het doosje openklap, komt een onaangename geur me tegemoet. Eentje die ik niet direct kan plaatsen. Op de kartonnen bodem ligt iets wat in eerste instantie lijkt op een prop keukenrol. Er gaat een rilling door me heen. Als ik de eerste laagjes eraf peuter, verschijnt er een stuk papier waar bruinige, ingedroogde vlekken op zitten. Ik vouw het restant van de prop open en kijk tegen een stuk vinger aan.

Ik schiet overeind en het doosje vliegt met vinger en al door de lucht, terwijl ik mijn hoofd in de afvalcontainer steek. Ik kots tot mijn lijf zelfs geen gal meer produceert.

Op handen en knieën kruip ik door zand en gras. Mijn handen verkennen wanhopig de grond, mijn vingers klauwen wild in de rondte. Zand en vuiligheid nestelen zich onder mijn nagels, zweet drupt van mijn voorhoofd. Mijn gezicht vertrekt als ik met mijn blote knie over een scherpe kiezel schaaf, maar ik negeer de brandende pijn en laat mijn zoektocht er niet door vertragen. Ik moet het vinden! Ik moet het vinden voordat iemand anders het doet. Het doosje was makkelijk terug te vinden, maar dat stuk vinger is op de een of andere manier spoorloos. Ik moet er niet aan denken dat een van de gasten vandaag of morgen naar de vuilniscontainer loopt en er dan op gaat staan. Mijn fantasie slaat op hol en ik zie de krantenkoppen al voor me. HORROR-BED AND BREAKFAST IN UMBRIË. NEDERLANDS KILLERKOPPEL. Als iemand anders die vinger vindt, dan kunnen we wel sluiten. Dan is al het harde werken voor niets geweest, dan spat de droom voorgoed uiteen.

Ik kruip verder en mijn wanhoop wordt met de minuut groter. Waar is die verdomde vinger? Ik kruip, ik zucht, ik vloek. Ik vind! Eindelijk! Verborgen tussen polletjes gras met kleine bloemetjes. Mijn maag speelt weer op als ik naar het afgehakte stukje ledemaat kijk. Als ik terugdenk aan hoe het voelde toen die vinger me streelde, cirkeltjes trok over mijn huid, mijn rug. Ik krijg er kippenvel van, maar heel anders dan destijds. Met pijn en moeite weet ik me over mijn weerzin heen te zetten en het ding op te pakken. Ik loop ermee terug naar de container en leg hem in het doosje. Daarna klap ik het doosje dicht en druk de loshangende tape een beetje aan. Ik moet het begraven, zo diep dat niemand het ooit zal kunnen vinden.

Dan zie ik een kaartje op de grond liggen. Ik buk om het op te rapen. *Groetjes, Rick*, staat erop. Zat dat kaartje in het doosje? Het moet haast wel. Het is zíjn handschrift, zie ik. Die kriebelige letters, dat krulletje aan het uiteinde van de 'j'. Hoe vaak heb ik vroeger niet zulke briefjes van hem gekregen? Hoe vaak heb ik me in het begin niet opgewonden over dat 'groetjes', tot groot vermaak van Rick. *Groetjes doe je aan je moeder, voor je vriendin verzin je een romantische tekst.* Voor Rick reden om vanaf dat moment zijn briefjes met liefkozingen aan mij consequent af te sluiten met 'groetjes' en een smiley.

Met mijn vingers strijk ik over de letters. Heeft het hem

veel moeite gekost om ze te schrijven? Dacht hij daarbij aan vroeger? Was het voor- of nadat hij zijn halve vinger kwijtraakte, en was het daarbij gebleven of had hij nog meer martelingen moeten doorstaan? En wil ik dat allemaal echt weten? De enige die me meer kan vertellen is de gek die hier verantwoordelijk voor is en die hoop ik na vandaag nooit meer te zien.

Ik steek het kaartje in de zak van mijn bermuda en loop naar de loods waar de tuinspullen staan. Ik kies een spade uit met een wat smaller blad omdat die voor mij beter te hanteren is. Aan het stuur van Bas' fiets hangt een baseballpetje. Met het klittenband aan de achterkant maak ik het passend, ik zet het op mijn hoofd en prop mijn haren eronder zodat ze bij het scheppen niet voor mijn gezicht hangen. Ik sluit de loods af en loop terug naar de container. Vol goede moed duw ik de spade met kracht in de grond op een zanderig stukje vlak bij de container. Tot onze grote ergernis wil op dat stukje helemaal niks groeien, hoe vaak Bas en ik het ook bemesten of water geven. Talloze struikjes en bloemen zijn daar de afgelopen jaren gesneuveld. Nu zie ik die permanente doorn in het oog als een geschenk van de kosmos. Waar kan ik beter graven zonder dat het opvalt of iets te beschadigen, dan daar?

Ik stop al mijn woede en frustratie over Ricks dood en het bezoekje van zojuist in mijn graafwerkzaamheden en al snel staan de blaren op mijn handen en druipt het zweet in straaltjes langs mijn rug. Ik had handschoenen aan moeten trekken, besef ik. Dat zweet kan ik wegspoelen voordat Bas weer thuiskomt, maar die blaren kan ik niet verbergen. Daar moet ik een goede smoes voor verzinnen. Mijn spieren en mijn rug protesteren als ik het tempo opvoer waarmee ik de spade in de grond steek. Ik ben niet vies van hard werken, maar deze inspanning is mijn lijf niet gewend. Mijn mond is inmiddels kurkdroog en het dreunen van mijn hart klinkt door tot in mijn oren. Toch peins ik er niet over om te stoppen voordat het gat diep genoeg is naar mijn zin. Ik weet niet hoe lang ik het rijk nog alleen heb en het laatste wat ik wil, is iemand uit te moeten leggen waarom ik als een bezetene een gat sta te graven bij deze temperaturen.

Na tien minuten ben ik eindelijk tevreden en steek ik de spade met een laatste krachtsinspanning in de onaangeroerde grond naast de kuil. Ik pak het doosje en houdt het boven het vers gegraven gat. In plaats van het er achteloos in te smijten, zak ik echter door mijn knieën en leg het voorzichtig op de bodem. Respectvol. Ik begraaf een stukje van mijn dode ex en dat besef zorgt ervoor dat de brok in mijn keel steeds groter wordt. Rick is dood en daar kan ik noch iemand anders, ook maar iets aan veranderen. De onherroepelijkheid van het moment, van zijn dood, grijpt me enorm aan en dat verrast me enigszins. Het is niet de eerste keer in mijn leven dat ik met de dood te maken krijg, met het verdriet, de leegte en de vertwijfeling die hij achterlaat en die nooit meer helemaal weggaan. De dood slaat elke keer weer gaten in harten, laat onuitwisbare sporen na in de levens van nabestaanden. Waarom raakt het me nu dan meer?

'Dag Rick,' fluister ik. 'Nu echt tot nooit meer ziens. Vergeet niet dat ik ondanks alles echt van je heb gehouden.'

De tranen stromen over mijn wangen als een kolkende rivier die buiten zijn oevers treedt. Hoe kan iets wat je allang dacht te hebben afgesloten, nog zoveel pijn doen? Ik pak de spade en begin het gat dicht te scheppen.

Nadat ik heb gedoucht wil ik alleen nog maar op bed liggen. Naar het plafond staren en helemaal nergens aan denken. Ik moet mezelf herpakken zodat Bas straks niets aan me merkt. Hij zal ongetwijfeld vragen of het gezellig was met Danny – ik heb besloten om hem voorlopig zo te noemen, om te voorkomen dat ik me straks tegen Bas verspreek – en ik vind het vreselijk om tegen hem te moeten liegen, maar ik kan hem de waarheid niet vertellen. Dat zou desastreus zijn. Voor ons allebei.

Ongewild zijn mijn gedachten toch weer terug bij Danny. Waar zou hij nu zijn? Zwerft hij in de buurt rond om me in de gaten te houden, of is hij op weg naar het vliegveld om terug te keren naar Nederland? Deze psychopaat die er niet voor terugdeinst zijn vroegere vriend te doden, en die het nu op mij heeft voorzien. Toch ben ik net onder de douche tot de conclusie gekomen dat ik op dit moment niks van hem te vrezen heb. Hij wil mij niet vermoorden, anders had hij dat zojuist in de ontbijtzaal wel gedaan. Nee, hij heeft me nodig. Zolang hij denkt dat ik de informatie heb waar hij naar op zoek is, ben ik veilig. Maar geldt dat ook voor mijn omgeving? Zal hij zijn dreigement uitvoeren en zijn pijlen richten op iemand van wie ik houd om me zo onder druk te zetten? Of was dat grootspraak? Hoeveel afgehakte vingers moet ik krijgen als bewijs dat het hem menens is? En wat gebeurt er op het moment dat hij heeft waar hij op uit is? Als ik geen nut meer heb? Ik pieker en pieker, maar de keiharde waarheid laat zich niet verdringen. In plaats van te blijven ontkennen dat Danny een serieuze bedreiging vormt en dat niet alleen ik, maar ook Bas misschien wel in gevaar is, moet ik me focussen op hoe ik hem te slim af kan zijn.

Ik sta op van het bed en loop naar het slaapkamerraam. Van hieruit kijk ik uit over het landgoed waar ik zo van ben gaan houden. In de verte zie ik de auto van de postbode het terrein op rijden. Het maakt me nerveus. Het is niet erg waarschijnlijk dat Danny zijn eerste 'waarschuwing' zo snel zal laten volgen door een nieuw dreigement, maar onmogelijk is het ook weer niet. Hij is werkelijk tot alles in staat, daar ben ik inmiddels wel achter. Ik kleed me dan ook snel aan en haast me naar de brievenbus. Net als gisteren lukt het me van de zenuwen amper om het kleine sleuteltje in het slot te krijgen. Als ik er dan eindelijk toch in ben geslaagd, trek ik het deurtje met een ruk open.

Voor me ligt één enkel poststuk. Een grote bruine envelop. Op de voorkant staat in grote rode blokletters PERSOONLIJK geschreven boven het geprinte etiket met mijn naam en adres. Ik check de envelop op een afzender en… hij is niet afkomstig van Danny. Tenminste, zijn naam staat niet als afzender vermeld. Sterker nog, er staat helemaal niemand als afzender vermeld. Alleen een adres.

Mijn hart slaat een slag over. Hoeveel schokken kan een mens op één dag krijgen zonder zijn verstand te verliezen? *Dit kan niet*, schiet het door mijn hoofd, en toch staat het er. In sierlijke letters.

From: Memories Beach Bar, Pakarang Beach, Khao Lak, Thailand

9

Juni 2009

De boeg van de elektrische fluisterboot van Amy's ouders snijdt bijna geruisloos door het water van De Biesbosch. Rick zit aan het roer en Amy en Lotte liggen languit op de houten banken die in totaal plek kunnen bieden aan twintig personen. In het midden van de boot staat een picknickmand met koeltassen die gevuld zijn met sandwiches, fruitsalade, blikjes bier en fris en een flesje prosecco.

Sven zit ruim een meter van Lotte vandaan en houdt de bank met beide handen krampachtig vast. Lotte heeft hem nog nooit zo timide gezien. Van zijn grote bek, zijn gebruikelijke bravoure, is niets meer over en het is duidelijk dat hij zich niet op zijn gemak voelt op het water. Het is haar dan ook een raadsel waarom hij mee is gegaan. En blijkbaar is zij niet de enige met die gedachte.

'Hé, Svennieboy, zit je zwembroek te strak? Je kijkt alsof er iets klem zit!' roept Rick naar zijn beste vriend. Een watervogel vliegt geschrokken op van de kant.

'Wel een fluisterboot, geen fluisterkapitein,' merkt Amy droogjes op.

Lotte draait zich met een glimlach op haar gezicht loom op haar buik. De aanblik van Rick in zijn zwemshort bevalt haar honderd keer beter dan dat benauwde hoofd van Sven. Ze vouwt haar handen onder haar kin en staart naar de tatoeage op Ricks rechterarm die hij vorige week heeft laten zetten.

Het is een artistieke weergave van zijn sterrenbeeld – Boogschutter – en het ding neemt zijn halve bovenarm in beslag. De huid eromheen is nog wat geïrriteerd, maar de roodheid begint al weg te trekken. Ze is er nog niet uit of ze het plaatje van de schietende vrouwelijke centaur met de prominente borsten eigenlijk mooi vindt, maar ze vindt de tattoo in elk geval wel heel stoer. Misschien laat ze er zelf ook wel eentje zetten om te vieren dat ze haar vwo-diploma heeft gehaald. Ze weet zeker dat Rick het heel cool zou vinden, maar dat haar ouders not amused zullen zijn. Het gezeik dat ze ermee krijgt, ze weet niet of het haar dat waard is. Het heeft geen haast, ze heeft nog een heel leven om erover te beslissen. Maar áls ze er eentje neemt, dan wil ze er eentje met een hartje waar haar en Ricks initialen in gegraveerd staan. Amy heeft haar dat sterk ontraden. Ze houdt niet van tatoeages, die vindt ze ordinair, en de initialen van een vriendje in je huid kerven is in haar ogen echt ondenkbaar.

'Je denkt dat het heel wat is, Lotte, maar hij is je eerste serieuze vriendje. Weet je hoe weinig mensen bij hun eerste liefde blijven hangen? Er is nog zoveel te ontdekken, een wereld vol met mannen.'

'Je bent gewoon jaloers omdat jij niet iemand hebt die zoveel van je houdt,' was Lottes bitse antwoord geweest.

Het had Amy gekwetst, dat had ze gezien. Sinds ze met Rick is, lijkt het tussen Amy en haar een stuk minder te boteren en ze kan er niet de vinger op leggen waar hem dat nou precies in zit. Oké, ze is veel bij Rick, maar nog steeds gaat ze zeker twee keer in de week bij Amy langs, om van alle sms'jes en telefoontjes nog maar te zwijgen. Ze vraagt zich af of haar vriendin het haar stiekem nog steeds kwalijk neemt dat ze die stomme oorbellen is vergeten uit te doen. *Wat heeft dat nou voor zin?* denkt ze. *Die dingen liggen allang weer veilig en wel in de kluis. Amy's ouders hebben er niets van gemerkt.* Bovendien had Amy er zelf toch ook schuld aan? Zij was net zo goed slordig geweest en had niet eens opgemerkt dat Lotte met die oorbellen was vertrokken. Dan is het toch niet fair om alle *blame* bij haar te leggen?

Een grote libelle scheert over het water en Lotte volgt het beestje met zijn ranke, doorzichtige vleugels en blauwgroene lijf. Ze schudt alle vervelende gedachten van zich af. Morgen weer, maar vandaag even niet. Vandaag wil ze genieten van het waterland om haar heen, van het zachte geschommel van de boot, het geklots van golfjes tegen de boeg, van de bloedhete zon. Volgens de weersvoorspellingen kan de temperatuur op het heetst van de dag de dertig graden aantikken. Hoewel het gros van de mensen dat te warm vindt, kan het Lotte niet warm genoeg zijn. 'Jij bent echt in het verkeerde land geboren,' moppert Amy weleens puffend vanonder haar wind- en zonnescherm als Lotte uren op het strand ligt te bakken zonder ook maar één keer de verkoeling op te zoeken.

Nog meer dan de zon, aanbidt Lotte echter het water. Zowel in als op het water voelt ze zich als de welbekende vis. Rick deelt die liefde inmiddels met haar. Zodra het kan, zijn ze samen in De Biesbosch te vinden. Meestal lenen ze de roeiboot van Ricks kennis, als die hem zelf niet in gebruik heeft, maar Lotte denkt er sterk over om zelf een bootje aan te schaffen van het geld dat ze heeft gespaard met haar werk achter de bar. Ze wil het er deze week nog met Rick over hebben. Misschien wil hij wel meebetalen. Dat zou dan hun eerste gezamenlijke aankoop worden. Ze glimlacht bij de gedachte. Het begin van hun uitzet.

'Waar denk je aan, je kijkt zo gelukzalig.' Haar glimlach is Rick niet ontgaan. Hij strekt zijn hand naar haar uit en ze staat op van de bank en loopt naar hem toe.

'Dat vertel ik je wel als we met zijn tweetjes zijn,' fluistert ze, terwijl ze haar armen om zijn warme, ontblote bovenlijf slaat en hem zachtjes op zijn mond kust.

‘Wat zijn jullie daar aan het smiespelen?’ bemoeit Amy zich er meteen mee. ‘Sven en ik voelen ons zo heel erg buitengesloten. Toch, Sven?’

‘Er staat jullie niets in de weg om het samen ook gezellig te hebben, hoor,’ antwoordt Rick.

Amy trekt een vies gezicht. ‘Vind je het heel erg? Sven is niet bepaald mijn type.’

Lotte verwacht een lompe reactie van Ricks vriend, maar die blijft uit. Zijn kleine ogen flitsen zenuwachtig heen en weer over het wateroppervlak en hij lijkt steeds bleker te gaan zien.

‘Beetje zeeziek, mattie?’ grinnikt Rick. ‘We gaan zo even aan de kant liggen.’

Even later neemt Lotte het roer van hem over en loodst ze de boot tussen de slingerachtige oevers door die begroeid zijn met ondoordringbaar struikgewas en onkruid. Door de warmte staat het water op sommige plekken een stuk lager dan gebruikelijk, maar ze weet hen toch zonder vastlopers naar een open stuk te brengen waar een weitje aan grenst. Net als Amy kent ze De Biesbosch op haar duimpje en inmiddels is Rick ook aardig bekend met alle waterwegen en weet hij de plek waar ze altijd samen heen gaan blind te vinden. Het weitje waar ze nu aanleggen, ligt daar een heel stuk vandaan en dat is een bewuste keuze. Hun speciale plek moet van hen samen blijven, dat hebben ze zo afgesproken. Dat gaat Amy en Sven geen van beiden iets aan.

Als de boot redelijk stabiel tegen de oever ligt, kruipt Sven als eerste aan wal. Hij schopt zijn slippers uit en gaat met zijn blote voeten in het gras staan terwijl hij zijn handen op zijn knieën laat rusten. Het valt Lotte nu pas echt goed op hoe bleek zijn huid is, terwijl de zomer toch in volle gang is. Ze negeert hem verder en sleept samen met Rick en Amy de boot een stukje op de kant zodat deze niet kan wegdrijven. Daarna tilt Rick in zijn eentje de zware picknickmand uit de boot. Hij zet de mand midden op het grasveld, pakt er twee biertjes uit en loopt ermee naar zijn vriend.

Lotte en Amy vouwen een groot kleed open waar ze de versnaperingen op uitspreiden en zetten dan de parasol op die het eten en de drank moet beschermen tegen de felle zon. Amy ploft met een genoeglijke zucht op het beschaduwde kleed neer en ontkurkt de fles prosecco. De kurk schiet na een harde plop los en belandt ergens verderop tussen de grasprieten. Ze schenkt twee plastic champagneglazen vol voor haarzelf en Lotte, terwijl Lotte het folie van de bak fruit haalt en er een stuk galiameloen uit pakt.

'Hmm, lekker zoet,' zegt ze goedkeurend als ze de meloen tussen haar tanden fijnmaalt. Ze gaat naast haar vriendin zitten en klopt uitnodigend met haar hand op het kleed terwijl ze Rick aankijkt, die net met een biertje in zijn hand komt aanlopen. Hij gaat op zijn knieën naast haar zitten en hapt een stukje van het meloenpartje dat half uit haar mond steekt. De geur van bier en zonnebrand die om hem heen hangt, bezorgt Lotte aangename kriebels in haar buik. Jammer dat ze niet met zijn tweetjes zijn.

Sven gaat zwijgend aan de rand van het kleed zitten. Zijn witte shirt is doorweekt van het zweet.

'Je hebt het toch wel naar je zin, hè?' Lotte geeft hem een por, maar hij blijft stoïcijns aan zijn bierflesje lurken.

Ook goed, dan niet, denkt ze. Ze heeft haar best gedaan en het levert alleen maar ergernis op. Met Rick en Amy kan ze tenminste wel gezellig kletsen en dat is dan ook precies wat ze gaat doen.

Een sandwich, een glas prosecco en wat fruit later trekt Lotte haar gele zomerse jurkje uit. Rick fluit tussen zijn tanden en trekt plagend aan het strikje van haar bikinibroekje op haar heup. Daarna kijkt hij verlekkerd naar haar borsten, die groter lijken omdat ze omhooggestuwd worden door de gewatteerde cups van haar bovenstukje. Ze zou graag nog even voor hem poseren, maar vanuit haar ooghoeken ziet ze dat Sven naar haar zit te gluren dus duikt ze het water in. Rick volgt een paar seconden later en waterdruppels van zijn bommetje spetteren in het rond en bereiken zelfs het picknickkleed.

'Eem, kom je ook? Het water is zalig!' roept Lotte als ze proestend bovenkomt.

'Zo meteen, eerst nog een glaasje prosecco.'

Lotte ziet dat ze de daad bij het woord voegt en zichzelf nog een glaasje inschenkt, waarna ze in kleermakerszit op het kleed gaat zitten. Sven zit naast haar met opgetrokken benen en zijn armen om zijn knieën geslagen, iets wat Amy zich ook ineens lijkt te realiseren want ze schuift subtiel een stukje bij hem vandaan. Hij is echter zo gefocust op zijn biertje dat hij het niet in de gaten lijkt te hebben.

'Oké, wat jij wilt.' Met krachtige slagen zwemt Lotte naar Rick toe, die al een stuk verderop in het water dobbert. Amy moet het ook maar zelf uitzoeken, denkt ze, zij gaat in elk geval lol maken.

Een halfuur later is Amy ook het water ingedoken. Sven zit nog steeds op het kleed en tikt het ene na het andere biertje achterover. Lotte hoopt maar dat hij niet dronken wordt. Normaal gesproken is hij een bodemloze put, maar met die verzengende hitte komt de alcohol twee keer zo hard binnen. Zelf heeft ze meer dan genoeg gehad aan die ene prosecco.

Het zwemmen heeft haar dorstig gemaakt en ze crawlt naar de kant. Met de handdoek die ze achteloos in het gras heeft gegooid droogt ze zichzelf een beetje af en daarna pakt ze een blikje Fanta uit de koelbox. Het blikje maakt een sissend geluid als ze het lipje lostrekt en met een klik terugduwt. Ze doet haar ogen genietend dicht als het koele, tintelende vocht haar tong raakt en laat de zoete smaak even goed op zich inwerken. Nog nahijgend van het zwemwedstrijdje dat ze net met Rick en Amy heeft gehouden – en glansrijk heeft gewonnen – gaat ze op haar buik op het kleed liggen, haar hoofd steunend op haar ellebogen, onderbenen in de lucht. Sven zegt niets, maar ze weet gewoon dat hij naar haar billen kijkt. Ze draait zich op haar zij en ondersteunt haar hoofd met haar hand.

'Moet jij niet even zwemmen? Straks verdamp je nog.'

'Ik zwem niet,' antwoordt hij nors.

'Waarom niet?'

'Ik kan het niet.'

'Hoezo, ik kan het niet? Je hebt toch ook schoolzwemmen gehad?'

'Problemen met mijn oren. Ik heb nooit meegedaan aan schoolzwemmen.'

'Dus als je nu in het water zou vallen, dan weet je jezelf niet te redden?'

'Ik zeg toch dat ik niet kan zwemmen.'

'Oké, sorry.' Ze kijkt naar het met zweet doorweekte shirt dat aan zijn lijf plakt. 'Doe dan in elk geval je shirt uit. Het is bloedheet.'

Zonder iets te zeggen trekt hij het ding uit en legt het in het gras. Zijn borst en rug zijn al net zo wit als zijn benen en armen. Een subtiele lucht van zweet en bier bereikt haar neus en wordt sterker als Sven weer naast haar gaat zitten. De stilte die valt is ongemakkelijk, maar waar moet ze het in godsnaam met hem over hebben? Ze heeft geen enkel raakvlak met hem en voor de zoveelste keer vraagt ze zich af wat Rick toch in deze jongen ziet. Ook zij hebben niets met elkaar gemeen.

'Wanneer is die diploma-uitreiking van jou en Amy ook alweer?' vraagt Sven ineens.

'Vrijdag 2 juli. Eerst krijgen we ons diploma en daarna is er in de aula een feest met een dj en een band.'

'Hoe laat begint dat hele gedoe?'

'Gedoe?' zegt ze beledigd. 'Ik zou iets waar ik zes jaar lang hard voor heb gewerkt geen "gedoe" willen noemen. Maar het officiële programma begint om halfacht, als je het per se wilt weten. Inloop met koffie en thee vanaf zeven uur.'

'Rick gaat er ook heen, toch?'

'Ja, hoezo?'

'Misschien kom ik ook wel even kijken. Ouders van jou en Amy ook aanwezig?'

'Ja, natuurlijk. Onze ouders zijn apetrots en willen geen seconde missen.'

Even ziet Lotte Svens gezicht vertrekken. Ze denkt iets van jaloezie te bespeuren. Misschien ook wel logisch, als ze bedenkt wat voor beroerde thuissituatie hij heeft. Ineens krijgt ze een beetje medelijden met hem. Hij heeft er natuurlijk ook niet voor gekozen om in een gezin terecht te komen met een vader met losse handjes en een moeder die niet voor hem opkomt. Sven heeft nooit steun ervaren van zijn familie en alles altijd zelf moeten uitzoeken. Dat zegt Rick altijd. Daarom is Sven een straatvechter, een lomperik. Dat was de overlevingsstrategie waar hij het verste mee kwam. Met zachtheid en kwetsbaarheid redde hij het niet. In het milieu waar hij in verkeert, zou dat zelfs ronduit gevaarlijk zijn.

'Jij hebt een paar jaar geleden je diploma gehaald, toch?'

Sven knikt bevestigend. 'Vmbo.'

'En die garage waar je werkt, is dat tijdelijk? Ga je nog doorleren?'

'Ik ga nooit meer naar school. Bevalt me prima bij die garage. Ik heb mijn handjes mee en meer heb ik niet nodig.'

'Dus jouw toekomst ligt onder een motorkap?'

'Als jij dat vindt.'

'Maar heb je dan helemaal geen dromen of ambities?'

'Wat? Is in een garage werken soms niet goed genoeg voor kakmadam?'

Lotte schrikt van zijn reactie. 'Nee, nee, zo bedoel ik het niet. Het is meer dat het me zo saai lijkt als je je hele leven hetzelfde blijft doen.'

'Sommige mensen verkeren niet in de luxe om te kiezen. Die hebben geen papa en mama die alles voor hen betalen. Die moeten zelf hun kostje bij elkaar scharrelen, of ze dat nu leuk vinden of niet. Dus dat is wat ik doe. Ik zorg voor mezelf en de rest interesseert me geen fuck.'

Hij kijkt haar fel aan en alles aan hem straalt plotseling een ongebreidelde agressie uit. Het bierflesje in zijn eeltige handen lijkt hij fijn te willen knijpen. Ze ziet een waas van olie en smeer die diep in de huid van zijn vingers is getrokken en zich zo te zien niet laat wegpoetsen. Als het juk van zijn jeugd dat hij waarschijnlijk nooit helemaal van zich af zal kunnen schudden. Het beangstigt haar.

'Rick en ik willen uiteindelijk naar het buitenland. Hotelletje beginnen onder de zon of zo.' Haar stem klinkt een stuk minder zelfverzekerd dan ze zou willen en een afgemeten knik is het enige commentaar van Sven. Het is duidelijk dat hij geen zin meer heeft om te praten.

Even verderop hoort Lotte Rick en Amy lachen, gevolgd door een hoop gespetter van water. Ze klokt het laatste restje Fanta achterover en zet het lege blikje terug in de koelbox zodat er geen wespen of ander ongedierte op afkomen.

'Ik ga nog even zwemmen.'

Ze loopt weer naar het water en laat Sven in zijn eigen sop gaarkoken.

10

Heden

Ik sta te trillen op mijn benen. Ik weet dat ik de envelop niet op deze plek moet openmaken – niet alle gasten zijn naar Todi gegaan en ik kan het niet riskeren dat een van hen iets te zien krijgt wat niet voor vreemde ogen bestemd is – maar de spanning is haast te groot.

Zo snel ik kan keer ik terug naar het huis en nog voordat de deur van de slaapkamer achter me is dichtgeslagen, heb ik de envelop al opengescheurd. Ik schud de inhoud op het bed en mijn adem stokt. Voor me ligt een ouderwets vel luchtpostbriefpapier – blauw – volgeschreven in een handschrift dat ik maar al te goed ken. Er zijn ook een wit vel met een geprinte tekst en een doorzichtig zakje met een sleutel, niet al te groot en zonder label.

Ik begin met het lezen van de tekst op het witte papier.

Dear Miss,
I'm a friend of Rick. He asked me to send you this letter and the key if he died. Well, he did, so I'm sending it. Good luck with it and my condolences.

Geen naam, geen ondertekening. De enige aanwijzing die deze brief geeft – als het al voor brief mag doorgaan – is dat de afzender een man of vrouw van weinig woorden is. En klaarblijkelijk een vriend van Rick. Mijn Rick. Ik pak de handgeschreven brief en ruik eraan. Ik wil weten of er nog iets van zijn geur aan zit. Vroeger als we elkaar briefjes schreven, besprenkelden we ze met parfum. Hij had de mannentorso van Jean-Paul Gaultier, ik het vrouwenlijf. Ik snuffel uitgebreid aan het papier en denk een vleugje van de eau de toilette te ruiken die zoveel herinneringen oproept. Pavlov of ruik ik het echt?

Met brief en al nestel ik me met een kussen tegen het hoofdbord van het bed. Kan ik dat eigenlijk wel maken, om een brief van mijn ex te lezen in de echtelijke sponde? Een lachende Bas kijkt me aan vanuit een lijstje op mijn nachtkastje en dat maakt het schuldgevoel alleen maar groter. Ik leg Bas met een 'Sorry' even plat neer met zijn gezicht naar beneden zodat ik niet het gevoel heb dat hij over mijn schouder meeleest. Dat voelt iets minder ongemakkelijk.

Rick begint de aanhef met 'Liefste', zoals hij dat vroeger ook altijd deed. Het voelt zo vertrouwd dat de tranen me in de ogen springen. Belachelijk na alles wat er is gebeurd, ik weet het, maar ik kan het niet tegenhouden. Ik knipper een paar keer en lees verder.

Liefste,
Ik weet dat ik geen enkel recht meer heb om je zo te noemen nu ik niet meer ben dan een vage herinnering uit het verleden, maar ik kan niet anders. Je bent altijd mijn liefste gebleven. Natuurlijk zijn er anderen geweest, maar er is nooit iemand geweest die zich met jou kon meten, laat staan je kon overtreffen. Niemand die me zo goed begreep, die mijn dromen deelde, met wie ik zo kon lachen.
Waarom ben je dan bij me weggegaan? hoor ik je denken. Kun je je het laatste telefoongesprek nog herinneren dat we samen hebben gehad? Dat gesprek dat uitmondde in die vreselijke ruzie? Alles wat je zei, alles wat je vermoedde, klopte, alleen had ik toen niet het lef om eerlijk tegen je te

zijn. Bovendien wilde ik je er niet bij betrekken. Daarmee zou ik je in gevaar hebben gebracht, zoals ik mijn eigen leven ook op het spel heb gezet. Wat ik heb gedaan kon niet zonder consequenties blijven en als je deze brief leest, betekent dat dat ik er niet meer ben.

Tien jaar lang heb ik over mijn schouder moeten kijken, terwijl ik voor de buitenwereld een relaxed leventje leek te leiden. Ik heb hier in Thailand onder een valse naam een bestaan opgebouwd, heb het geschopt tot mede-eigenaar van een strandtent waar ik zelf achter de bar stond. Mijn moeder en mijn zus waren de enigen die wisten dat ik ergens in Thailand verbleef. Op mijn uitdrukkelijke verzoek hebben ze altijd over mij en mijn verblijfplaats gezwegen, ook tegen jou. Het spijt me dat we je daarmee veel pijn hebben gedaan, maar het was mijn enige kans om te overleven. Neem mijn moeder en zus alsjeblieft niks kwalijk; ze weten niet eens waarom ik uit Nederland moest vertrekken en hebben altijd aangevoeld dat het beter was om niet door te vragen. Als er iemand iets valt te verwijten, dan ben ik het. Je zult me wel weghonen, maar ik heb dit ook voor jou gedaan. Ik wilde jou niet meeslepen in een leven waar je niet zelf voor gekozen had. Dat leek me erger dan dat je mij moest loslaten. Hoewel het wel romantisch was geweest als we als Bonnie & Clyde over de wereld hadden gezworven 🙂*. Maar, zonder gekheid, ik ben blij dat je zo goed terecht bent gekomen en dat je je droom – onze droom – hebt verwezenlijkt. Je hebt een eigen B&B! Je man lijkt me een goede kerel. Ik hoop dat hij beter voor je zorgt dan ik heb gedaan. Dat verdien je. En jou kennende komt hij ook niks tekort.*

Liefste, ik zou nog oneindig lang willen doorkletsen, maar er is op de wereld niet genoeg briefpapier voor alles wat ik tegen je wil zeggen. Daarom ga ik het hierbij laten. De sleutel die bij deze envelop zit, is van een kluisje dat zich in mijn

oude slaapkamer bevindt. Daarin zitten aanwijzingen naar iets wat ik altijd voor je heb bewaard. Waarom zo cryptisch? zul je denken. Het is slechts een extra veiligheidsmaatregel, mocht deze brief in verkeerde handen vallen. Wat ik te geven heb, is alleen voor jou bestemd en voor niemand anders. 'One for you, one for me,' weet je nog?
Dag liefste.
Rick

Mijn ogen vullen zich met tranen en de letters in de brief lopen in elkaar over en veranderen in een onleesbaar blauw waas. Niet alleen Danny, maar ook Rick wil dat ik naar Nederland ga. Naar zijn oude kamer welteverstaan.

Ik pak de sleutel en laat hem rondgaan in mijn hand. Deze sleutel kan deuren openen die ik misschien wel liever gesloten wil houden. Zou datgene wat Rick blijkbaar al die jaren voor me heeft bewaard, hetzelfde zijn waar Danny naar op zoek is? Het moet haast wel. Maar als dat inderdaad zo is, wil ik er eigenlijk niets mee te maken hebben. Dan kan het eigenlijk alleen maar gedonder opleveren. De brief verscheuren en de sleutel weggooien zou dan eigenlijk het beste zijn wat ik kan doen, wat ik zou moeten doen, maar ik weet nu al dat dat niet gaat gebeuren.

De mailtjes van Danny, zijn bezoekje aan de B&B, Ricks dood en de brief die hij me heeft geschreven – het heeft te veel losgewroet om zonder slag of stoot weer te kunnen begraven. De spreekwoordelijke geest is uit de fles en die laat zich voorlopig niet meer terugstoppen. Alleen ík kan hem tot zwijgen brengen, een zware taak die op mijn schouders drukt en waarvan ik niet weet of ik er in mijn eentje tegen opgewassen ben. Het enige wat ik zeker weet, is dat een eventuele trip terug naar Nederland een proces in gang zal zetten dat onomkeerbaar is. En natuurlijk ben ik ontzettend nieuwsgierig naar wat Rick me heeft nagelaten, maar ik kan dat gevoel niet leidend laten zijn in mijn beslissing. Ik moet er eerst eens heel goed over nadenken óf ik een volgende stap zal zetten en welke dat dan zal zijn.

Ik veeg mijn ogen droog, stop de brieven en de sleutel terug in de envelop en loop ermee naar mijn kantoor. Ik berg het geheel op in de administratiekast, in het mapje waar ook Danny's mailtjes in zitten. Als ik de kast heb afgesloten, word ik plots overvallen door een enorme vermoeidheid. Tijd om eraan toe te geven is me echter niet gegund. Door het open raam hoor ik een auto het terrein op rijden en een blik naar buiten is genoeg om te zien dat het de zoekclub is. Tijd dus om mijn zonnige horecagezicht weer op te zetten en in de houding te springen als dat van me wordt gevraagd.

Ik sluit het kantoor af en snel de trap af. Als ik naar buiten loop, stapt Bas net uit de auto.

'En?' vraag ik, terwijl ik naar een glimp van Nienkes moeder zoek.

Bas schudt zijn hoofd. 'Helaas...'

'Hè, shit.'

'Ja, nogal. We hebben door heel Todi flyers opgehangen en er ook eentje achtergelaten op het prikbord van het politiebureau. Hopelijk levert dat snel iets op. Tot die tijd kunnen we alleen maar duimen dat alles goed gaat met haar en dat ze ergens op een veilige plek is.'

'Hoe is Nienke eronder?' Ik hoef het antwoord van Bas niet af te wachten, want de paniek staat in haar ogen te lezen wanneer ze uit haar auto stapt. Ik loop naar haar toe en sla een arm om haar heen.

'Kom, je ziet eruit alsof je wel een goede borrel kunt gebruiken.'

'Doe maar een dubbele espresso,' antwoordt ze. 'Ik wil met een helder hoofd in de auto kunnen springen zodra er een bericht komt over mijn moeder.'

Ikzelf zou het liefst een fles sterkedrank aan mijn mond zetten om mijn eigen stress te verdrinken, maar in mijn eentje gaan zitten drinken vind ik niet zo chic. 'Dat begrijp ik. Goed, een dubbele espresso dan.'

Ik laat haar los en ze volgt me naar binnen.

Even later zijn alle gasten naar hun kamer om zich op te frissen voor de lunch. Samen met Bas dek ik de grote eettafel in de tuin.

'Was het nog gezellig met die Danny?'

Bij het horen van zijn naam, gaat er een schok door me heen. Met moeite kan ik mijn gezicht in de plooi houden, maar toch lukt het me om redelijk enthousiast te antwoorden.

'Ja! Het was leuk om hem na al die jaren weer te zien.'

'Was hij een goede vriend van je? Ik heb je nooit over hem gehoord.'

'Ach, wat is goed? Hij hoorde bij het clubje waar ik mee omging in mijn middelbareschooltijd. Maar je weet dat ik daar niet graag over praat na wat er gebeurd is.'

Bas knikt begrijpend. 'Toch jammer dat die tijd die voor de meeste mensen zo memorabel is, voor jou zo dramatisch is geëindigd.'

Ik mompel wat voor me uit, wat hij hopelijk als een bevestiging opvat, en focus me op het goedleggen van het bestek. Alles om hem maar niet in de ogen te hoeven kijken. Ik bid in stilte dat hij erover ophoudt en een ander onderwerp aansnijdt. Tevergeefs.

'Waar hebben jullie het allemaal over gehad?'

'O, niks bijzonders. Wat geroddeld over oud-klasgenoten en ons afgevraagd wat er van hen is geworden en zo.' Het klinkt niet zo luchtig als mijn bedoeling was.

'Heeft hij nog contact dan met mensen uit die tijd?'

'Niet echt. Hij komt nog weleens iemand tegen, maar dat is het dan ook. Hij werkt in een garage en een paar oude klasgenoten zijn daar klant.'

'Toch gek hè, dat je in je puberteit voor je gevoel zo close met mensen kunt zijn en dat je daar uiteindelijk nauwelijks vrienden voor het leven aan overhoudt. Ik spreek eigenlijk niemand meer van toen.'

'Uit het oog, uit het hart, zo gaat dat meestal.'

'Ja, gek genoeg wel. Hoewel ik mijn hand ook in eigen boezem moet steken. Ik heb zelf ook niet echt geïnvesteerd in het onderhouden van contacten. Sinds we naar Italië zijn vertrokken, heb ik Nederland echt een beetje achter me gelaten en volgens mij geldt dat ook voor jou.'

'We hebben de deur daar niet platgelopen inderdaad. Sinds we hier wonen kan ik de keren dat ik bij mijn ouders langs ben geweest op één hand tellen. Het komt er gewoon niet van. Er is hier altijd zoveel te doen en bovendien wil ik jou niet missen.' Ik trek Bas naar me toe en geef hem een zoen op zijn mond.

'Kijk, dat zijn dingen die een man graag van zijn vrouw wil horen,' gniffelt hij, terwijl hij me terugzoent. 'Ik hoef dus niet jaloers te zijn op Danny...'

'Zeker niet!'

Het komt er iets te hard en te snel uit, maar Bas neemt er gelukkig geen aanstoot aan. Heel even heb ik zelfs de hoop dat hij het hierbij laat, maar juist dan komt de vraag die ik al die tijd zo heb gevreesd.

'Wat zat er eigenlijk in dat pakje dat hij voor je had meegenomen?'

'Chocolaatjes,' flap ik eruit. 'Zo'n Celebrations-*giftbox*. Daar was ik vroeger al zo gek op.'

Het komt op me over als het gebabbel van een kip zonder kop, maar Bas lijkt zich nergens van bewust.

'Goh, dat hij dat nog wist. Als je elkaar zo lang niet ziet of spreekt, en ook geen goede vrienden bent...'

Shit.

'Iedereen bij ons in de buurt wist van mijn Celebrationsverslaving. Ik had mijn zakken er altijd vol mee en deelde ook royaal uit. Je weet toch hoe sociaal en vrijgevig ik ben?' zeg ik met een knipoog.

'Is dat zo? Heeft mijn vrijgevige vrouw dan misschien nog een chocolaatje over voor haar lieftallige echtgenoot?'

Ik trek een schuldbewust gezicht. 'Ik vrees dat ik die hele doos in mijn eentje leeg heb gesnoept toen jij in Todi was. Het was al zo lang geleden dat ik dat spul had gegeten, ik kon me gewoon niet beheersen. Erg hè, ik ben er nog misselijk van.'

Bas kijkt een beetje teleurgesteld, maar lijkt mijn verhaal wel te geloven. '*You owe me big time*,' reageert hij.

'Vanavond maak ik het goed. Zo goed dat je niet eens de tijd krijgt om aan chocolade te denken...'

11

Juli 2009

Lotte staat nerveus voor de grote passpiegel op haar kamer. Amy staat naast haar.

'Kan het zo een beetje?' vraagt ze aan haar vriendin, terwijl ze met haar handen de stof van haar jurk gladstrijkt en een kunstmatig gefabriceerde krul achter haar oor stopt.

'Je bent prachtig, Lot, dat zal Rick helemaal met me eens zijn.'

'Ja, denk je?'

'Niet zo naar de bekende weg vragen.'

'Ik ben gewoon een beetje onzeker, dat begrijp je toch wel? Hij heeft me nog nooit in zo'n jurk gezien.'

'Wedden dat hij je meteen ten huwelijk wil vragen?' grinnikt Amy.

Lotte kijkt haar vriendin eerst verschrikt aan, maar begint dan dromerig te glimlachen.

'Als je het maar uit je hoofd laat! Jullie zijn nog veel te kort samen, nog veel te jong. Kijk eerst maar eens hoe het gaat als je na de zomer begint met je studie en hem een stuk minder ziet. Dat is een goede relatietest.'

'Amy, soms ben je net mijn moeder.'

'Die overigens net als ik heel wijze dingen zegt.' Amy geeft haar een amicaal stootje met haar heup. 'Schuif eens op, je hebt nou wel lang genoeg voor die spiegel gestaan. Nu is het mijn beurt.'

Met tegenzin maakt Lotte zich los van haar eigen spiegelbeeld en stapt opzij. Terwijl Amy zichzelf bewondert, loopt Lotte naar het raam, dat uitkijkt op de straat.

'Hij komt heus wel, niet zo ongeduldig,' zegt Amy. 'En als hij te laat is, kunnen we altijd nog met jouw ouders meerijden.'

'Ik ben gewoon nieuwsgierig naar wat voor auto hij gehuurd heeft. Jouw ouders komen op eigen gelegenheid, hè?'

'Yep. De winkel sluit om zes uur. Daarna vlug een hapje eten en omkleden, en dan moeten ze er om halfacht zeker zijn. Hopelijk al iets eerder. Ik hoop dat mijn moeder zich wat beter voelt, ze stond vanochtend op met migraine. Mijn pa zei al dat ze beter een dagje in bed kon blijven met paracetamol om fit te zijn voor vanavond, maar daar wilde ze natuurlijk niks van weten.'

'Jouw moeder is ook altijd zo'n bikkel. Ik weet nog dat ze met die hernia van een paar jaar geleden ook heeft doorgelopen totdat ze er letterlijk bij neerviel.'

'Gut, ja, die hernia. Dat is echt wel een nadeel, hoor, van eigen ondernemer zijn. Je kunt nooit eens even lekker ziek zijn. Veel te duur.'

'Daar kun je je toch tegen verzekeren?'

'Dat is niet te betalen en het schijnt dat die verzekeraars de helft van de tijd ook nog eens niet uitkeren. Ze hebben altijd wel een smoesje of een clausule waar ze zich achter kunnen verschuilen. Ik heb al besloten dat ik voor een baas ga werken, stuk relaxter.'

'Je gaat de zaak van je ouders dus niet overnemen?'

'Als het aan mij ligt niet. Je weet toch dat ik stewardess wil worden?'

'Ja, maar ik dacht gewoon voor een paar jaar en dat je dan bij je ouders in de zaak zou gaan.'

'Ik moet er eerlijk gezegd niet aan denken.'

'Heb je ze dat al verteld? Rekenden ze er niet op dat ze het hele boeltje over een aantal jaar aan jou kunnen overdoen?'

‘Nee, ik heb het er nog niet met ze over gehad. Ik heb het juiste moment nog niet gevonden.’

‘Voor zulke gesprekken is er nooit een juist moment, Eem.’ Lotte pakt de hand van haar vriendin vast en knijpt er even in. ‘Als je het zo vroeg mogelijk aan je ouders vertelt, dan hebben ze ruim de tijd om een goede opvolger te vinden. Dat is beter dan dat je ze over een paar jaar ineens voor het blok zet.’

‘Ja, ik weet ook wel dat je gelijk hebt, maar ik wil ze niet teleurstellen. Ik prakkiseer me suf over hoe ik het een beetje leuk kan brengen, hoe ik het minder hard kan laten aankomen.’

‘Zachte heelmeesters maken stinkende wonden. Je hebt twee keuzes: of je stelt je ouders teleur óf je stelt jezelf teleur. Meer smaken zijn er niet.’

‘Ze smaken allebei niet lekker.’

Buiten toetert een auto en Lotte vliegt naar het raam.

‘Daar is hij! Met een witte MINI-cabriolet!’ Lotte klapt enthousiast in haar handen en lijkt het serieuze gesprek dat ze met Amy heeft op slag te vergeten.

Amy’s gezicht betrekt. Voor de zoveelste keer moet ze de tweede viool spelen, maar ze krijgt niet lang de tijd om hierbij stil te staan. Lotte sleurt haar mee de kamer uit en ze zijn net beneden op het moment dat Rick aanbelt.

Met een zwaai gooit Lotte de deur open en haar mond valt open van verbazing. ‘Je hebt een smoking aan!’

Rick lacht haar zelfverzekerd toe en kan zijn ogen niet van haar afhouden. ‘Wauw,’ is het enige wat hij uit kan brengen.

‘Ook wauw,’ zegt Lotte lachend. Ze vindt hem knapper dan ooit. Raakt met haar hand zijn vlinderstrikje even aan en trekt hem dan naar zich toe. Als ze hem uitgebreid zoent, schraapt Amy overdreven haar keel.

‘Denk aan je lippenstift...’

‘Hi Amy, jij ziet er ook mooi uit.’ Rick lacht haar toe en Amy grimast terug.

'Dank je wel, wat attent van je,' mompelt ze.

De deur van de woonkamer gaat open en Lottes ouders stappen de gang in. Lottes moeder heeft een fototoestel in haar hand. 'Kom jongens, even op de foto. Jullie zien er allemaal zo prachtig uit.'

Ze loodst hen naar de woonkamer en maakt eerst foto's van hen allemaal apart, dan van Lotte en Rick en tot slot van Lotte en Amy samen.

'Klaar, mam?' vraagt Lotte ongeduldig.

'Later zul je me dankbaar zijn dat je deze mooie herinneringen hebt.'

Hoe waar de woorden van haar moeder zullen blijken te zijn, kan Lotte op dat moment nog niet weten.

Ze hebben veel bekijks wanneer Rick de witte MINI-cabrio het parkeerterrein van de school op rijdt. Lotte gloeit van trots. Als eerste stapt Rick uit en hij houdt galant de deur voor haar open terwijl hij haar uit de auto helpt. Daarna is Amy aan de beurt. Geduldig wacht Rick tot de meiden hun jurken hebben gladgestreken en dan biedt hij hun allebei een arm aan. Lotte is hem dankbaar dat hij Amy niet aan haar lot overlaat. Terwijl meer auto's het terrein op rijden – waaronder die van haar ouders – lopen ze richting de ingang van de school.

'Hé, mattie,' schreeuwt Rick ineens, terwijl hij naar links uitwijkt en de meiden met zich meesleurt.

Lotte zucht als ze Sven ziet staan. Hij hangt nonchalant tegen de glimmende motorkap van zijn auto aan.

'Oh my god, een trainingspak,' hoort ze Amy vol afschuw zeggen.

'Amy vraagt of je je beste smoking uit de kast hebt gehaald,' grinnikt Rick, terwijl hij zijn vriend een boks geeft.

'Ja, dat leek me wel gepast. Ik wil tenslotte niet dat Amy zich voor me schaamt.'

Sven werpt haar een venijnig lachje toe en maakt zich los

van de motorkap. Het petje dat hij meestal draagt, heeft hij vandaag achterwege gelaten. Met een overdosis gel heeft hij geprobeerd zijn weerbarstige blonde kruin in het gareel te houden. Tevergeefs. Zijn gezicht is rood aangelopen en hij ziet er opgefokt uit.

'Wat doet híj hier?' fluistert Amy niet al te zachtjes tegen Lotte, die in een gebaar van onmacht haar schouders ophaalt. 'Hij heeft hier toch niks te zoeken?'

Sven wurmt zich naast Amy en slaat een arm om haar heen. '*Wouldn't miss it for the world, milady*,' zegt hij grijnzend.

'Blijf van me af, creep!'

Amy maakt zich los uit zijn greep en gaat er meteen met een stevige pas vandoor. Haar hakken klikken vinnig op de stoeptegels en Lotte ziet dat haar gezicht op onweer staat als ze achteromkijkt voor ze de school binnengaat.

Dat begint lekker, denkt Lotte. *Maar ik ga mijn avond door niets of niemand laten verpesten.*

Gearmd met Rick loopt ze naar de ingang van het gebouw. Sven kuiert met zijn handen in zijn zakken op zijn gemakje achter hen aan met die nare, zelfgenoegzame grijns nog steeds op zijn gezicht.

'Kun je niet vragen of hij weggaat?' fluistert Lotte in Ricks oor.

'Nee, dat kan ik niet maken. Ik wil niet dat hij zich buitengesloten voelt.'

'Zijn probleem, toch?'

'Hij wil zo'n happening gewoon nog een keer meemaken. Voor hem is het al een paar jaartjes geleden.'

'Nog een keer meemaken? Verpesten zul je bedoelen. Kijk nou hoe hij eruitziet, ik schaam me kapot. Ik wil niet dat hij bij ons komt zitten, hoor. Amy en ik hebben keihard gewerkt voor ons diploma en kijken al tijden uit naar deze avond en ik laat die eikel de boel niet verknallen. Heb je Amy's gezicht gezien? Echt hoor, Rick, ik heb meer dan mijn best gedaan om Sven aardig te vinden, maar hij is gewoon niet *likeable*.'

'Het is een aparte, maar hij bedoelt het goed.'

'Ik begrijp niet hoe je dat maar kunt blijven volhouden.'

'Amy is ook niet altijd de vriendelijkste, toch? Die heeft ook zo haar buien. Daar zeg ik toch ook niks van? Nou ja, meestal niet. Samen kunnen we Sven en Amy met hun nukken wel aan, toch?'

Rick trekt Lotte tegen zich aan en geeft haar een verzoenende kus. Achter hen maakt Sven irritante smakgeluidjes.

'Oké, je hebt gelijk, soms is hij een lul,' geeft Rick schoorvoetend toe, terwijl ze de garderobe binnenstappen, waar Amy op hen staat te wachten.

'Zullen we vast in de aula gaan zitten?' stelt Lotte voor.

'Ik wil nog even wachten op mijn ouders,' antwoordt Amy, terwijl ze zenuwachtig op haar horloge kijkt. 'Gaan jullie anders maar vast.'

'Geen sprake van. We blijven bij elkaar.'

Lotte pakt de hand van haar vriendin vast en knijpt er zachtjes in.

Tien minuten en een hoop onrustig heen-en-weergeschuifel van Rick en Sven later, grijpt Lotte alsnog in.

'Misschien moeten we nu toch zo zoetjesaan naar binnen gaan? Om nog een beetje een mooi plekje te kunnen bemachtigen?'

Amy kijkt gestrest op haar telefoon. 'Nog altijd geen bericht van mijn ouders dat ze later zijn.'

Ze stuurt hun zelf een sms en terwijl ze op antwoord wacht, komen Lottes ouders binnenlopen.

'Pap, mam,' zegt Lotte zwaaiend terwijl ze hun tegemoetloopt.

'Zijn Herman en Linda er nog niet?' vraagt Lottes moeder als ze Amy in haar eentje ziet dralen.

'Nee, het lijkt erop dat ze wat verlaat zijn. Amy wil per se wachten, maar ik ben bang dat zo alle mooie plekjes in de zaal vergeven zijn.'

Lottes moeder loopt naar Amy toe en slaat een arm om haar heen. 'Joh, wij wachten wel even op je ouders, dan kunnen jullie alvast goede zitplekken in de aula uitzoeken en er vier extra bezet houden voor jullie ouwelui.'

'O, heel graag.' Amy kijkt zichtbaar opgelucht.

Steeds meer geslaagden en hun ouders banen zich via de garderobe een weg langs hen heen naar de aula, en Lotte trekt Amy en Rick ongeduldig mee. 'Kom, anders moeten we straks nog staan en dat hou ik niet vol op deze hakken.'

'Ik masseer je voeten vanavond wel,' zegt Rick met een knipoog.

Als ze de aula binnenlopen, blijkt dat er alleen nog in het midden van de zaal enkele plekken vrij zijn. Maar net niet genoeg voor iedereen.

'Ik blijf wel achterin staan,' zegt Sven, die met zijn handen diep weggestopt in zijn zakken achter hen aan is gesjokt. Meteen draait hij zich om en loopt richting de ingang, die tevens als uitgang fungeert. Hij gaat naast de opengeslagen dubbele deuren staan en leunt met zijn rug en rechtervoet tegen de muur.

Opgelucht kijkt Lotte hem na. Ze is maar wat blij dat hij geen gewilde zitplek in beslag neemt. Hoewel er nu nog een paar plekken vrij zijn – ook al loopt het intussen tegen halfacht – is er van Amy's ouders nog steeds geen enkel spoor te bekennen. Onrustig kijkt haar vriendin weer op haar telefoon en gooit er nog een berichtje tegenaan. Lotte zelf belt haar moeder om te vragen of zij pa en ma Verdonk al heeft gespot.

'Nee, en we komen nu jullie kant uit anders zijn we zelf nog te laat.'

'Oké, mam, we zitten halverwege de zaal. Tot zo.'

'Ik begrijp er helemaal niks van.'

De tranen staan in Amy's ogen en ze is de wanhoop nabij. De diploma-uitreiking is voorbij en haar ouders zijn niet komen opdagen.

'Ik heb alles gefilmd, dus je ouders kunnen de hele happening terugkijken,' probeert Lottes vader Amy gerust te stellen, terwijl hij zijn compacte Sony-handcamera opbergt in het daarvoor bestemde hoesje.

'Maar ik begrijp het niet! Waarom hebben ze niks van zich laten horen? Waarom nemen ze hun telefoon niet op?'

'Misschien dat de migraine van je moeder te erg was?'

Amy schudt haar hoofd. 'Dan was mijn vader alleen gekomen. Ze hebben me nog nooit laten zitten. Ik heb er een heel raar gevoel bij.'

'Weet je wat,' zegt Rick, 'we scheuren gewoon even op en neer naar je huis om te kijken of alles in orde is. Gewoon voor de zekerheid.'

'O, als je dat zou willen doen! Mijn kop staat echt niet naar feestvieren als ik niet weet wat er aan de hand is.'

Amy kijkt hem dankbaar aan en voor het eerst sinds ze verkering heeft met Rick, heeft Lotte het idee dat Amy een beetje begrijpt wat ze in hem ziet.

'Er is vast niks aan de hand,' zegt Lotte. 'Er is vast een eenvoudige verklaring voor. We rijden even naar je huis op en neer en daarna gaan we feesten!'

Amy glimlacht aarzelend.

'Wij gaan vast naar huis. Laat even weten hoe het met Amy's ouders gaat,' drukt Lottes moeder haar dochter op het hart.

Lotte belooft het en duwt haar moeder haar diploma in de hand. 'Wil je dit thuis vast opbergen? Ik wil niet dat er kreukels in komen.'

Rick speurt ondertussen de zaal af, op zoek naar Sven. De plek achterin waar hij stond is verlaten. Hij loopt ernaartoe en vraagt wat mensen of ze een jongen in een trainingspak de aula hebben zien verlaten. Niemand heeft iets opgemerkt. Voor de zekerheid loopt hij de zaal nog eens helemaal rond, maar dan moet hij toch echt concluderen dat Sven er niet meer is.

'Die staat waarschijnlijk gewoon ergens een peuk te roken,' zegt Lotte even later, als Rick zich weer bij haar en Amy heeft gevoegd. Ze staan bij de ingang van de school en zwaaien net haar ouders gedag.

'Hij moet hier toch echt ergens rondlopen, want zijn auto staat er nog.'

'Sven is een grote jongen, die redt zich wel.' Ze kan de ergernis in haar stem niet helemaal verhullen. Wat kan het haar nou schelen waar die vent is, ze wilde hem er vanavond sowieso niet bij hebben.

'Ja, natuurlijk, je hebt gelijk. Ik stuur hem zo wel een sms'je waar we zijn.'

'Doe dat, maar we gaan nu eerst Amy geruststellen.'

Tijdens de relatief korte rit van hun school naar Amy's huis probeert Lotte haar vriendin wat op te vrolijken. Amy doet haar best om gezellig mee te kletsen, maar wanneer ze in de buurt van haar huis komen, slaat de spanning zichtbaar weer toe.

De auto komt recht tegenover de juwelierszaak tot stilstand en Lotte kijkt naar buiten. Ze ziet niets bijzonders. De rolluiken zitten voor de ingang en op de gevelverlichting na is alles donker. De gordijnen van het appartement erboven zijn dicht, maar door de stof heen schijnt wel wat licht.

Amy stapt meteen uit en rent naar de overkant.

'Wij wachten wel even, oké?' roept Rick haar door het open raampje na.

Ze zwaait instemmend en opent de deur naast de juwelierszaak die via een steile trap naar het appartement leidt. Lotte volgt haar vriendin met haar ogen tot ze naar binnen is verdwenen – met zoveel haast dat ze de deur vergeet achter zich te sluiten – en draait zich dan om naar Rick, die zijn hand in haar nek heeft gelegd.

'Wat doet die hand daar?' vraagt ze speels. Ze schuift wat dichter naar hem toe.

'Je moet je haar echt vaker krullen, dat staat je leuk.' Zijn vingers spelen met een pluk losgelaten haar terwijl hij haar zachtjes op haar mond zoent. Ze sluit haar ogen en zoent hem terug. Dan klinkt er een gil die door merg en been gaat.

'Dat is Amy!'

Ze duwt Rick aan de kant en gooit het portier open. Zonder op Rick te wachten rent ze naar de voordeur van het appartement.

'Lotte, wacht!' roept Rick.

Ze hoort hem niet en dendert de trap op.

'Amy! Wat is er?' krijst ze, terwijl het gegil van haar vriendin steeds hysterischer wordt.

Ze krijgt geen antwoord, maar dat hoeft ook al niet meer. Ze is aangekomen in het appartement en het tafereel dat ze daar aantreft, in de slaapkamer waar ze nog niet zo lang geleden met Amy haar moeders trouwjurk heeft gepast, spreekt voor zich. Ze aarzelt geen moment en belt 112.

12

Heden

Er zijn drie dagen verstreken. Drie dagen waarin ik niets van Danny heb gehoord en waarin ik me samen met Bas heb gefocust op de B&B. Nienke heeft in de tussentijd haar moeder gelukkig teruggevonden, dus dat is in elk geval één zorg minder. Carolien bleek in verwarde toestand een taxi naar Florence te hebben genomen en daar heeft Nienke haar weten te traceren. Er ging echt een enorm gejuich op onder de gasten toen ze een selfie appte van zichzelf en Carolien.

We hebben moeder en dochter nog niet teruggezien in de B&B, want ze brengen eerst nog een paar dagen door bij een kennis. Om bij te komen, vermoed ik. Bas is echter door de goede afloop weer helemaal ontspannen en loopt de hele dag te fluiten. Ik zou willen dat dat voor mij ook gold. Elk moment verwacht ik een tik op mijn schouder die me eraan herinnert dat ik altijd achterom zal moeten blijven kijken. Elke keer als ik de brievenbus of mijn mailbox open, verwacht ik een onaangename verrassing. De spanning die dat met zich meebrengt, is bijna ondraaglijk. Die wordt ook niet echt minder nu er een aantal dagen zijn verstreken sinds Danny me persoonlijk een 'cadeautje' kwam brengen. Hij is zo onvoorspelbaar als het weer en ik heb geen flauw idee waartoe hij allemaal in staat is.

Toch zijn er ook momenten dat ik niet aan Danny denk. Dat zijn de momenten dat Rick het stokje van hem overneemt. Al die herinneringen van vroeger die ik zo zorgvuldig heb weggestopt: ze komen stuk voor stuk terug en ik kan het niet tegenhouden. Ik merk dat ze mijn omgang met Bas een beetje in de weg beginnen te staan. Dat ik langzaam een muur opbouw tussen hem en mij waarachter ik kan gaan zitten om mijn verdriet om Rick de vrije loop te laten. Mijn liefde voor Bas en mijn liefde voor Rick zijn echt twee aparte hoofdstukken uit mijn leven die zich niet laten verenigen. Het is ook de eerste keer sinds ik met Bas ben dat ik iets niet met hem wil delen. Mijn rouw om Rick is van mij en van mij alleen.

Ik twijfel nog steeds of ik naar de begrafenis moet gaan. Ik heb nog twee dagen om te beslissen. Eigenlijk wil ik me niet in Nederland laten zien, uit angst om Danny tegen het lijf te lopen. Maar kan ik accepteren dat Rick dood is, als ik geen afscheid heb genomen? Het is allemaal nog steeds heel onwerkelijk. Wellicht kan de confrontatie met zijn doodskist en zijn rouwende familie me wakker schudden uit deze vreemde roes en me een stap verder helpen. Ik weet zeker dat Rick het zou waarderen als ik officieel afscheid van hem kwam nemen; de vraag is alleen of zijn familie er ook zo over denkt. Ik heb Mia en Anouk al zeker negen jaar niet gesproken. En hoe groot is de kans dat ik Danny op de begrafenis tref? Hij is gek genoeg om met een uitgestreken gezicht nog even op Ricks graf te komen dansen.

Het geluid van een appje haalt me uit mijn gedachten. Ik zie dat het van mijn Nederlandse vriendin is en open het met een glimlach. Een glimlach die meteen weer bevriest op mijn gezicht als ik de foto zie die ze me stuurt. Het onderschrift is nog quasilollig – *Ik dacht dat Halloween al voorbij was... #spook* – maar de foto is dat allerminst. Naast het blije hoofd van mijn vriendin zie ik die rotkop van Danny. Hij staat dicht tegen haar aan en heeft een arm om haar heen geslagen.

Waar ben je die dan tegengekomen? app ik terug.

Stond ineens in de zaak, is haar reactie. *Jaren niet gezien en ineens stond hij voor mijn neus. Zei dat hij net uit Italië kwam en jou ook nog even gedag had gezegd. Wilde hij met jou ook per se op de foto?*

Ik slik iets weg. Van mij wilde hij iets heel anders, maar dat kan ik haar niet zeggen.

Hij heeft hier inderdaad even zijn neus laten zien, maar ik had niet zo'n behoefte aan een uitgebreide reünie. Geen foto, moet er niet aan denken.

Ik zet er ter illustratie nog een kotsende smiley achter. Ik krijg een lachende smiley met tranen terug.

Wilde hij verder nog iets van je of had hij nog praatjes? Ik moet het vragen, hoewel ik het antwoord eigenlijk niet wil horen.

Zei dat het leuk zou zijn als we met zijn drieën op korte termijn eens zouden bijpraten. Had een hoop te vertellen. Het leven kan ineens voorbij zijn, dat had hij bij Rick wel gezien.

Geen behoefte om af te spreken met die creep! app ik terug. *Jij?*

Wat denk je zelf?

Ik stuur een smiley.

Weet je al of je naar de begrafenis komt?

Denk het niet. Druk hier met gasten en achterstallig onderhoud.

Ze stuurt een duimpje. *Komt klant winkel binnen. Later! XXX*

Ik app een hartje en gooi mijn telefoon van me af op tafel. Fuck! Hij is naar mijn vriendin gegaan. Loopt ze gevaar? Laat hij het bij één bezoekje of niet? En als hij haar nog eens op gaat zoeken, hoe groot is dan de kans dat hij haar de waarheid vertelt om mij voorgoed buitenspel te zetten? Ik pak mijn telefoon en stuur hem een bericht.

Laat mijn vriendin met rust!

Het antwoord laat niet lang op zich wachten. Het is de foto die mijn vriendin me ook al stuurde. De begeleidende boodschap doet me huiveren. *Het is heel simpel. Als je niet wilt dat de geschiedenis zich herhaalt, pak je onmiddellijk het vliegtuig naar Nederland. Dit is de laatste keer dat ik het vriendelijk vraag. Niet luisteren heeft onomkeerbare consequenties.*

Na een paar seconden appt hij nog een doodshoofd.

Die emoji is de druppel. Ik kan er niet langer op gokken dat hij bluft, met het risico dat er nog meer onschuldige slachtoffers vallen. Mijn terugkeer naar Nederland zal grote gevolgen hebben, dat besef ik, maar de repercussies als ik niet ga zullen nog vele malen groter zijn. Tenminste, als ik Danny mag geloven en dat doe ik. Wat ik allang weet, maar tot nu toe heb proberen te ontkennen, dringt nu in volle hevigheid tot me door. Danny zal echt nérgens voor terugdeinzen om zijn zin te krijgen. Hij heeft gemoord en zal dat opnieuw doen als ik hem niet tegenhoud.

13

Juli 2009

Al dat bloed. Lotte heeft in haar hele leven nog nooit zoveel bloed bij elkaar gezien. Bloed vermengd met... Ze wil het niet weten. Bloed op de muur. Bloed op de vloer. Twee roerloze lichamen. Eentje in een half zittende houding, in elkaar gezakt op bed. Amy's moeder. Op borsthoogte is een gapende wond te zien waar een kogel haar lichaam is binnengedrongen. Lotte laat de telefoon waar ze net het alarmnummer mee heeft gebeld uit haar hand vallen en snelt naar haar vriendin toe, die maar niet kan ophouden met gillen. Ze zit gehurkt over het lichaam van haar vader heen gebogen. Hij ligt op zijn zij en zijn handen zijn op zijn rug samengebonden. Naast hem ligt een met bloed besmeurde honkbalknuppel. Zijn gezicht is nauwelijks herkenbaar. Uit zijn mond komen roze schuimbelletjes.

'We moeten Amy hier weghalen,' zegt Rick op vlakke toon tegen Lotte.

Ze knikt en slaat een arm om haar vriendin heen. Voorzichtig doch dwingend trekt ze haar bij het lichaam vandaan. Rick neemt Amy's plek over en weet met enige moeite de knoop uit het touw te halen waar haar vaders handen mee zijn vastgebonden. Daarna draait hij de man op zijn rug en controleert zijn hartslag.

'Hij leeft nog. Maar zijn hartslag is zwak en hij ademt heel moeizaam. Waar blijft die fokking ambulance!'

In de verte klinken sirenes.

Amy, Rick en Lotte zitten in de wachtkamer van de intensive care van het Erasmus MC. De artsen zijn nog druk bezig met Amy's vader. Zijn toestand is kritiek. Hij ligt in coma en de zwelling van zijn hersenen door de klappen die hij kreeg is dusdanig dat hij misschien vanavond nog geopereerd moet worden. De vraag is niet alleen óf hij uit zijn coma ontwaakt, maar ook hóé hij wakker wordt. Zal hij ooit weer de oude worden?

Amy's moeder is dood. Haar lichaam is meegenomen voor obductie en de recherche doet op dit moment onderzoek in het appartement. De kluis in het appartement is open en leeg aangetroffen en alles wijst op een roofoverval. Alle juwelen en het cashgeld zijn verdwenen. Wat de waarde van de buit is, is nog onduidelijk. Op het eerste gezicht zijn nergens braaksporen gevonden, heeft een van de rechercheurs aan Amy laten weten. Niet op de toegangsdeur tot het appartement en ook niet op de kluis. Dat roept nogal wat vragen op. Hebben Amy's ouders de deur voor iemand opengedaan en deze persoon binnengelaten? Was het misschien een bekende? Wie was er op de hoogte van de kluis in het appartement?

De politie heeft geprobeerd om wat antwoorden van Amy te krijgen, maar door de shock en de rustgevende medicatie die ze heeft gekregen, valt er niet goed met haar te communiceren. Een en ander zal, op advies ook van de dokters, tot morgen moeten wachten. Of zelfs nog langer, afhankelijk van wanneer Amy er klaar voor is. Het is nog maar de vraag of haar vader de ochtend zal halen.

Als Lotte de automatische schuifdeuren open hoort zoeven, springt ze op in de overtuiging dat het haar ouders zijn. Die hebben gezegd dat ze meteen naar het ziekenhuis zullen komen om bijstand te verlenen en wat praktische dingen te regelen waar Amy niet toe in staat is. Een broer van haar vader is ook al onderweg vanuit Limburg. Maar in plaats van haar ouders, ziet ze Sven komen binnenwandelen. Teleurgesteld gaat ze weer zitten.

'Ik kreeg je sms, man,' mompelt hij tegen Rick. 'Ik kon je al niet vinden op die school. Heftig, zeg.' Hij kijkt kort naar Amy en draait zich dan van haar af. Hij lijkt zich geen raad te weten met de situatie en niet te weten wat hij tegen haar moet zeggen.

'Rick, alsjeblieft,' fluistert Lotte. 'Ik geloof niet dat we nu behoefte hebben aan zíjn aanwezigheid. Hij heeft hier helemaal niets te zoeken.'

Rick staat zonder te protesteren op en laat Sven met een hoofdknik weten dat hij mee moet komen. Dat doet Sven met dezelfde tergend langzame sjokkende pas waar Lotte zich normaal gesproken ook al zo aan ergert. Gelukkig lijkt Amy het allemaal niet op te merken.

14

Heden

Ik sta mijn koffer te pakken als Bas de slaapkamer binnen komt lopen.

'Wat ben jij nou aan het doen?' vraagt hij verbaasd.

'Mama is ernstig ziek, ik moet onmiddellijk naar Nederland. Ik vlieg vannacht.'

'Ernstig ziek? Wat heeft ze dan?'

'Ze was nogal vaag aan de telefoon, je weet hoe ze is.'

'Ja, hypochondrisch. Aandachtsziek.'

'Niet heel gek, toch, gezien wat ze heeft meegemaakt? Als je zus keer op keer met maagklachten wordt weggestuurd bij de huisarts en ze uiteindelijk overlijdt aan een over het hoofd geziene tumor.'

'Dat weet ik wel, maar...'

'Bovendien heeft ze nooit echt kunnen accepteren dat ik Nederland heb verlaten. Ik ben nou niet bepaald vaak teruggegaan voor een bezoekje de afgelopen vijf jaar. Ze mist me gewoon en sinds de dood van haar zus beseft ze hoe kostbaar tijd is en dat het leven zomaar ineens afgelopen kan zijn.'

'Je ouders kunnen ook hiernaartoe komen. Ze weten dat de deur altijd voor hen openstaat en dat we voldoende comfortabele slaapplekken hebben. Je ouders zijn met pensioen, maar wij moeten keihard werken om de boel hier draaiende te houden. We zijn zelf al jaren niet meer op vakantie geweest.'

'Dat weet ik wel en meestal laat ik mijn moeder ook maar wat kletsen, maar deze keer heb ik er gewoon geen goed gevoel over. Ik wil zelf graag even poolshoogte gaan nemen. Dat moet ik doen voor mijn eigen geruststelling, oké?'

De hele tijd heb ik met mijn rug naar Bas toe gestaan, zogenaamd druk met mijn koffer, maar nu draai ik me om. Het kost me geen enkele moeite om een bezorgd gezicht te trekken. Ik bén bezorgd, maar over heel andere dingen dan Bas denkt.

'Ik blijf niet lang weg. Beloofd.'

'Ik zou het toch wel heel fijn vinden als je pas gaat als alle gasten over een paar dagen weg zijn. De boel in mijn eentje runnen terwijl we nog helemaal vol zitten, zie ik eerlijk gezegd niet zo zitten. Daarna is het geen enkel probleem. Ik kan zelfs met je meegaan.'

Ik verstijf bij zijn laatste woorden. Ik moet te allen tijde voorkomen dat hij samen met mij in het vliegtuig stapt. Daarom móét ik ook vertrekken als er nog gasten in de B&B zijn – Bas zal hen nooit in de steek laten. En hoewel ik weet dat het pittig zal worden voor hem, weet ik ook dat hij zich prima zal redden zonder mij.

'Het spijt me, schat, maar ik vlieg vannacht. Mijn ticket is al geboekt. Ik heb er gewoon geen goed gevoel over en wil geen dag langer meer wachten. En jij kunt de boel de komende dagen uitstekend zonder mij draaiende houden, daar ben ik van overtuigd. Je doet dat in feite toch altijd al, mijn bijdrage is slechts minimaal. En ik help je vandaag natuurlijk zo veel mogelijk om alles goed voor te bereiden.'

'Een paar dagen, Claudette, dat is alles wat ik vraag.'

Hij heeft een smekende blik in zijn ogen en ik kan er bijna geen weerstand aan bieden. Maar dan denk ik aan mijn vriendin en weet ik dat ik moet volharden. Ik heb haar al eens vreselijk in de steek gelaten, dat mag niet nogmaals gebeuren.

Vastberaden rits ik mijn koffer dicht en vergrendel hem met cijfersloten. 'Je redt het wel.'

Ik til de koffer van het bed en draag hem langs Bas heen. Hij ziet me zeulen, maar steekt geen vinger uit.

Fijn, naast alle andere ellende heb ik nu ook nog een boze echtgenoot.

Hoewel Bas de afgelopen jaren altijd op de eerste plaats heeft gestaan, moet hij nu een plekje naar achteren schuiven. Ik moet mijn vriendin koste wat het kost zien te redden. Zij verdient dat en mijn geweten heeft het nodig. Misschien vertel ik Bas het hele verhaal wel als ik weer veilig thuis ben. Ik ben er nog niet uit, maar één ding weet ik zeker: voordat ik dat doe, moet ik eerst schoon schip maken met mijn vriendin. Ik weet niet of ik dapper genoeg ben om dat te doen. Ik weet niet of ik het aankan om haar te verliezen.

15

September 2009

In een traag tempo glijdt de fluisterboot met het stemmig geklede gezelschap door het water van De Biesbosch. Lotte heeft haar arm om haar vriendin heen geslagen, die zachtjes zit te sniffen. Amy houdt op haar beurt weer de hand van haar vader vast. Meneer Verdonk heeft een strooikoker met de as van zijn vrouw tussen zijn benen geklemd. Hij heeft de gewelddadige overval overleefd, maar moet nog lange tijd revalideren. Bij zijn ontslag uit het ziekenhuis vorige week kreeg hij te horen dat hij er zeker nog een jaar zoet mee zou zijn.

Het was een hele klus geweest om hem met rolstoel en al op de fluisterboot te krijgen, maar het is uiteindelijk gelukt. Vandaag strooien ze in intieme kring de as van Amy's moeder uit op de plek waar ze zo graag kwam. Na een lange werkdag in de juwelierszaak zocht ze op zwoele zomeravonden haar ontspanning op het water van De Biesbosch, samen met haar man. Amy ging regelmatig met hen mee en ook Lotte stapte vaak aan boord, in de tijd voordat ze verkering had met Rick.

Rick is er vandaag niet bij en Lotte mist hem verschrikkelijk. Zowel zij als Rick had er natuurlijk alle begrip voor dat het beperkte aantal beschikbare plaatsen naar familieleden ging, maar toch. Ze heeft geprobeerd om er sinds het drama zo veel mogelijk te zijn voor Amy, maar daardoor heeft ze wel een stuk minder tijd gehad voor haar vriendje. Toch gaat ze voorlopig door op de ingeslagen weg. Haar vriendin heeft haar harder nodig dan ooit.

Rick doet gelukkig niet moeilijk. Wanneer ze wel samen zijn, verwent hij haar extra met mooie cadeautjes of luxe etentjes. Wat extra fijn is, is dat ze hem op die momenten echt helemaal voor zichzelf heeft, want de liefde tussen Rick en Sven lijkt wat bekoeld. Ze heeft Sven amper nog gezien en als ze Rick ernaar vraagt, krijgt ze een vaag antwoord. Hij vindt het duidelijk lastig om erover te praten en Lotte laat het onderwerp dan ook maar verder rusten. Ze is allang blij dat hij eindelijk inziet dat hij beter af is zonder Sven.

De dader van de overval is nog niet gepakt en de politie staat eigenlijk nog steeds voor een raadsel. Er heeft zich uiteindelijk een getuige gemeld die iemand met een zwarte sporttas op zijn rug op een scooter heeft zien wegscheuren. Omdat hij zich ergerde aan het lompe rijgedrag, heeft de getuige het kenteken genoteerd. Het bleek om een gestolen scooter te gaan, die twee weken na de overval uit de Oude Maas is gedregd. De politie heeft er geen bruikbare sporen op aangetroffen.

Amy's vader heeft keer op keer zijn verhaal aan de politie moeten doen. Amy heeft alles aan Lotte verteld. Het ging voor zover nu bekend is om één mannelijke dader die een bivakmuts en donkere kleding droeg. De man had zich via een open raam aan de achterkant toegang verschaft tot de woning. Als eerste was hij Amy's moeder tegengekomen, die het op een gillen had gezet. Haar vader was op het gegil afgekomen. Toen hij de indringer bij zijn vrouw aantrof, had hij de honkbalknuppel gegrepen waarmee hij een paar dagen daarvoor nog een balletje had geslagen op het atletiekveld. De indringer had onervaren geleken, had haar vader verklaard, en was nerveus geweest. Zijn handen hadden getrild toen hij het pistool ineens op haar moeder richtte, als extra pressiemiddel om hen ertoe te bewegen te vertellen waar de kluis zich bevond. Maar op dat moment had haar vader al met de knuppel uitgehaald naar hun belager. De beweging was ingezet en kon niet meer worden gestopt. Het slaghout raakte de man op zijn schouder en door de klap ging het pistool af. Haar moeder was op slag dood en haar vader was zo in shock geweest, dat de man hem de honkbalknuppel met gemak afhandig had weten te maken en hem er vervolgens mee had geslagen tot alles zwart werd.

Uiteindelijk had de dader de kluis kennelijk zelf weten te vinden en opengemaakt. Omdat er geen schade aan de kluis is, gaat de politie ervan uit dat de dief op de hoogte moet zijn geweest van de code. Voor de verzekeraar heel even reden om te denken dat de overval in scène was gezet om verzekeringsgeld op te strijken, maar gezien de ernstige afloop werd die theorie snel terzijde geschoven.

Lotte is zelf ook ondervraagd, omdat Amy tijdens haar verhoor aan de politie heeft verteld dat haar vriendin op de hoogte was van de code van de kluis. Lotte heeft in detail moeten vertellen over het passen van de trouwjurk met bijbehorende sieraden. Dat ze daarna per ongeluk de oorbellen mee naar huis heeft genomen, heeft ze in overleg met Amy verzwegen omdat het zo stom en niet van belang leek. Ook heeft ze een leugentje om bestwil verteld. Ze heeft verklaard dat ze de code met niemand heeft gedeeld. Dat ze het sms'je per ongeluk naar Rick heeft gestuurd, heeft ze voor zichzelf gehouden en ook niet aan Amy verteld. Rick heeft haar met zijn hand op zijn hart gezworen dat hij de code aan niemand heeft laten zien en ze heeft met eigen ogen gezien dat het sms'je uit zijn telefoon was verwijderd. Ze gelooft hem dan ook. Ze heeft geen enkele reden om aan hem te twijfelen. Bovendien was hij op het moment van de overval bij haar en Amy bij de diploma-uitreiking.

Amy's oom is bijna aan het einde van een ontroerende toespraak. Hij en zijn vrouw verblijven sinds de overval om en om in het appartement dat nu nog alleen van Amy en haar vader is. Ze hebben niet alleen Amy zo goed mogelijk opgevangen, ze hebben ook de juwelierszaak min of meer draaiende gehouden. Hun eigen boekhoudkantoor in Maastricht is overeind gehouden door loyale medewerkers die bereid waren wat uurtjes extra te werken om de afwezigheid van hun bazen op te vangen. Lotte vindt het mooi om te zien hoe creatief en saamhorig mensen worden als het leven even tegenzit.

Amy begint harder te huilen. Ze zijn op de plaats van bestemming gekomen en de boot ligt stil. Ze knijpt nog eens extra stevig in Lottes hand en staat dan op om de rolstoel van haar vader naar de boeg te rijden. Daar draait ze het deksel van de asbus.

'Help me eens uit die verdomde stoel,' gromt haar vader, getergd door zijn afhankelijkheid. 'Ik wil mijn vrouw staand een laatste groet brengen.'

Zijn broer en een neef schieten te hulp, hijsen hem overeind en slaan zijn armen om hun eigen sterke schouders. Als hij na wat gewiebel enigszins stabiel staat, doet de neef een stap opzij en neemt Amy diens plek in. Lottes hart breekt als ze naar haar vriendin kijkt. Amy draagt een last op haar schouders die veel te zwaar is. Niet alleen haar eigen verdriet, maar ook het leed van haar vader en de zorg voor hem gedurende de komende maanden. Haar wens om stewardess te worden moet voorlopig de ijskast in. Misschien wel voor altijd, want ze zal moeten bijspringen in de juwelierszaak.

Lotte vraagt zich af of de indringer ooit heeft stilgestaan bij alle consequenties die zijn voortgevloeid uit zijn daad. Levens zijn verwoest, toekomsten zijn gedwongen ingevuld of in de kiem gesmoord, en dat allemaal uit hebzucht. *Alleen die oorbellen zijn al een kleine auto waard.* Ze hoort het Amy nog zeggen. De totale waarde van de gestolen juwelen wordt geschat op zeker een half miljoen euro en daar komt nog de vijftigduizend euro cash bij die ook in de kluis lag. En dat is alleen nog maar de materiële waarde. De emotionele waarde kan door geen enkele verzekeraar worden vergoed. De prachtige sieraden die Amy's moeder droeg tijdens haar huwelijk en die Lotte ook even heeft gedragen, zijn – tenzij de politie wonderen verricht – voorgoed verdwenen.

Amy houdt de geopende asbus stevig tegen haar borst gedrukt. Haar vader hijgt en zwoegt om overeind te blijven als ze voorzichtig zijn hand pakt en op de asbus legt. Ze telt af van drie naar één en dan schudden ze samen voorzichtig een klein beetje as over de rand van de boot. De as daalt bijna loodrecht neer in het water. Het is zo goed als windstil. De rest van de as strooit Amy alleen uit en al die tijd houdt haar vader zijn hand krampachtig op haar schouder, terwijl de tranen over zijn wangen stromen. Niemand van het gezelschap zegt een woord. Iedereen is diep verzonken in zijn of haar eigen gedachten en verdriet.

Met de tranen nog in haar ogen loopt Lotte naar de parkeerplaats van de jachthaven. Na afloop van de ceremonie waren er nog een broodje en een drankje geweest, en daarna is iedereen weer zijns weegs gegaan. Lotte is als laatste vertrokken.

Rick staat haar op te wachten en het laatste stukje rent ze. Hij is druk bezig met zijn mobiel en kijkt verschrikt op als ze zich huilend in zijn armen stort. Hij troost haar met zijn zachte stem, totdat de tranen eindelijk stoppen. Zwijgend gaat ze daarna bij hem achter op de scooter zitten.

'Naar jou of naar mij?' vraagt hij voordat hij de startknop indrukt.

'Naar jou. Ik geloof niet dat ik die bezorgde blik van mijn moeder nu trek.'

Hij knikt en laat de scooter even stationair snorren voordat hij wegrijdt.

Lotte leunt tegen hem aan. Ze verlangt hevig terug naar de onbezorgdheid van voor de overval. Toen ze nog kon genieten van de wind die haar haren liet wapperen, de zon die haar huid kleurde, de zoete geur van bloemen en grassen langs de weg. Sinds de overval lijkt er een grauwsluier over de wereld te hangen. Kleuren zijn doffer, geuren zijn fletser, zelfs de vlinders in haar buik fladderen minder hard. Op de momenten dat ze lacht of zich even minder bedrukt voelt, steekt meteen een groot schuldgevoel de kop op, want hoe kan ze in vredesnaam blij zijn als Amy zo in de shit zit? Haar moeder zegt dan telkens dat ze van Amy's leed niet haar eigen leed moet maken.

'Ze is mijn beste vriendin, mam, haar leed ís mijn leed.'

'Maar je helpt Amy niet door bij haar in de put te gaan zitten. Het is jouw taak als haar vriendin om haar daaruit te trekken en dat kan alleen maar als je af en toe een beetje afstand neemt en aan jezelf denkt. Je moet goed voor jezelf zorgen, Lotte, anders kun je Amy niet helpen. Ze heeft er niets aan als jij er ook aan onderdoor gaat.'

Diep vanbinnen weet Lotte dat haar moeder een punt heeft, maar ze is nog niet zover dat ze dat kan en wil toegeven. Een stap terug doen voelt als een zwaktebod, zelfs al is het maar af en toe, en ze wil daar niet toe gedwongen worden. Hoe goed het ook bedoeld is. En dus ontloopt ze haar moeder het liefst zo veel mogelijk en woont ze zo'n beetje op Ricks slaapkamer. Zijn moeder heeft daar geen enkel probleem mee en heeft haar met open armen ontvangen. Haar eigen moeder sputtert uiteraard wel, maar houdt haar gelukkig niet tegen. Dat komt mede door haar vader, die vindt dat ze de ruimte moet krijgen om op haar eigen manier te dealen met het verdriet en het trauma. Hij fluit zijn vrouw regelmatig terug als ze Lotte te veel op haar huid zit.

Door al haar gepeins heeft ze pas door dat de rit bijna ten einde is als Rick met een vrij scherpe bocht een tegemoetkomende auto ontwijkt en zijn straat in rijdt. Als ze haar billen voelt schuiven op het zadel grijpt ze hem stevig vast en haalt voor de zekerheid haar voeten van de steunen. Ze blijven maar net overeind.

Er is niemand thuis en Rick loopt direct door naar de keuken om iets te drinken te halen. Lotte neemt plaats op de bank in de woonkamer en zet de televisie aan. Ze valt midden in een nieuwsuitzending op RTV Rijnmond.

'... levert de vondst mogelijk een doorbraak op in het onderzoek naar de brute overval met dodelijke afloop in Dordrecht van twee maanden geleden.'

Op het beeldscherm is een voorwerp te zien dat Lotte acuut naar adem doet happen. Het is de ketting die Amy's moeder op haar bruiloft heeft gedragen, de ketting die zij zelf ook om heeft gehad. Ze buigt zich voorover om het sieraad beter te bestuderen, maar voordat ze daartoe de kans krijgt, verschijnt er een politieagente in beeld die verslag doet van de vondst. Het blijkt dat een deel van de sieraden die zijn buitgemaakt bij de overval op de juwelierszaak van de familie Verdonk per toeval is teruggevonden bij een heler in Antwerpen.

'De Belgische politie hield de verdachte al een tijdlang in de gaten en tijdens een inval vanochtend vroeg is een grote hoeveelheid gestolen waar gevonden. De man is gearresteerd en de politie hoopt via hem meer te weten te komen over de dader van de brute overval met dodelijke afloop in Dordrecht.'

De camera zoomt in en Lotte krijgt spontaan kippenvel op haar armen. Het is alsof de agente haar nu direct aankijkt.

'We roepen het publiek nogmaals op om, als ze ook maar iets denken te weten, deze informatie met ons te delen. Zaken die voor u onbelangrijk lijken, kunnen voor ons van grote waarde zijn in het onderzoek. Help ons de dader te pakken en ook de rest van de sieraden terug te vinden.'

Achter Lotte klinkt een harde klap gevolgd door het geluid

van brekend glas. Geschrokken draait ze zich om. Rick staat in de deuropening. Voor zijn voeten liggen twee gebroken glazen; cola verspreidt zich over de tegelvloer.

'Wat doe jij nou?' vraagt ze verbaasd, maar dan ziet ze zijn krijtwitte gezicht. 'Rick, wat is er?'

Hij zegt echter helemaal niets en staart slechts naar het beeldscherm. Het is alsof hij elk moment tegen de vlakte kan gaan en instinctief pakt ze hem bij zijn arm en begeleidt hem naar de bank. Hij blijft naar de televisie staren. Lijkt niets anders meer te zien dan het scherm.

'Rick, wat is er toch? Je maakt me bang.' Ze reikt naar de afstandsbediening om de televisie uit te zetten, maar voordat ze daar de kans toe krijgt, grijpt hij haar hand. Zijn nagels boren zich in haar pols als hij haar hand naar zich toe rukt en de afstandsbediening eruit pakt. Geschrokken kijkt ze hem aan, maar hij ziet het niet. Hij is volledig gefocust op het bericht over de gedeeltelijk teruggevonden buit. Even plotseling laat hij haar hand ook weer los. Hij lijkt het niet eens in de gaten te hebben.

De tranen schieten in haar ogen. Langzaam staat ze op en begeeft zich naar de keuken. Met een vaatdoek en wat keukenrol keert ze terug om de gemorste cola van de vloer te boenen. Vervolgens veegt ze met stoffer en blik de scherven van de gebroken glazen bij elkaar. Al die tijd probeert ze een verklaring te zoeken voor Ricks vreemde gedrag. Zo kent ze hem helemaal niet. Ze wrijft over haar pols, waar de striemen van zijn nagels nog in staan. Hij heeft haar echt pijn gedaan. Zou hij het door hebben gehad?

Als ze alles heeft opgeruimd en Rick nog steeds doodstil op de bank naar de televisie zit te staren, terwijl er allang een nieuw programma is begonnen, sluipt ze naar boven. Ze gaat op de rand van Ricks bed zitten en haalt haar mobiel tevoorschijn. Ze belt Amy.

Het is drie uur 's nachts. Lotte ligt met haar rug naar Rick toe en staart naar de digitale wekker op het nachtkastje. Ze doet net alsof ze slaapt, probeert diep en rustig te ademen, maar het gaat haar niet makkelijk af. Haar hele lijf staat strak van de spanning. Keer op keer neemt ze de dag door in haar hoofd. Het uitstrooien van de as van Amy's moeder, het politiebericht waar Rick zo raar op reageerde, maar vooral ook zijn gedrag daarna.

Toen ze na een tijdje weer naar beneden was gegaan, had hij gedaan alsof er niks was gebeurd. Ze had haar pols, waar inmiddels kleine blauwe plekjes op zaten, onder zijn neus geduwd, maar hij had er niet eens naar gekeken. Er kon geen sorry van af. En op haar vraag waarom hij zo raar reageerde, kwam in eerste instantie niet meer dan wat vaag gemompel. Pas toen ze door bleef vragen, kwam hij met een antwoord.

'Het greep me gewoon aan. Wij hebben die mensen gevonden in die slaapkamer. Ik had daarvoor nog nooit een lijk gezien. En dat bloed, overal dat bloed. Al die beelden kwamen weer terug. Ik trok het gewoon even niet.'

Gelooft ze hem? Het zou natuurlijk heel goed kunnen. Iedereen reageert anders op een trauma en dit is blijkbaar zijn manier. Het is ook afschuwelijk wat ze hebben gezien. Zelf droomt ze vrijwel elke nacht over die verschrikkelijke avond en overdag staat de wereld bijna elke dag wel even stil als die vreselijke beelden zich onverwachts weer op haar netvlies vastzetten. Als zij er ook last van heeft, dan kan ze toch niet anders dan begrip tonen voor Ricks reactie en hem vergeven?

Zachtjes tikt er iets tegen het raam. *Vast een boomtak die door de wind tegen het glas wordt geblazen*, denkt ze. Maar het is windstil. Ze gaat op haar rug liggen om beter te kunnen luisteren. Haar ogen houdt ze gesloten. Daar. Opnieuw hoort ze iets tikken en deze keer merkt Rick het ook op, want hij beweegt naast haar. Ze ademt heel rustig en diep zodat hij zal denken dat ze slaapt en kennelijk werkt het, want hij glipt zachtjes uit het bed om haar niet wakker te maken. Door de spleetjes van haar ogen ziet ze hem een stukje van het gordijn wegschuiven. Daarna hoort ze hem stilletjes vloeken. In zijn boxershort en met ontbloot bovenlijf sluipt hij vervolgens de kamer uit. De trap kraakt een beetje als hij naar beneden gaat en snel daarna hoort ze een klik als hij de voordeur zachtjes dichttrekt.

Ze durft hem niet te volgen, maar is doodnieuwsgierig naar wat hij aan het doen is. Op haar tenen loopt ze naar het raam en trekt heel voorzichtig het gordijn een stukje terug zodat er een kier ontstaat waar ze doorheen kan kijken. Haar adem stokt als ze Sven ziet staan. Hij is blijkbaar in een hevige discussie verwikkeld met Rick, wat gepaard gaat met veel handgebaren, en de sfeer lijkt al snel grimmiger te worden. Sven begint Rick te duwen en het lijkt er zelfs op dat hij hem een klap wil verkopen.

Wat moet die eikel van Rick? Het kost Lotte steeds meer moeite om zich afzijdig te houden. Rick beweerde laatst nog dat hij nauwelijks contact meer heeft met zijn voormalige beste vriend. Had hij daarover gelogen? Ze gluurt weer door de kier van het gordijn. Sven heeft iets in zijn hand wat hij voor Ricks neus heen en weer zwaait. Het blinkt kort in het licht van de lantaarn die een paar meter verderop staat. Het is een mes.

Zonder nog verder na te denken rent Lotte de kamer uit en de trap af. Wanneer ze beneden aankomt, trekt Rick net zachtjes de deur achter zich dicht. Zo te zien mankeert hem niets, maar hij schrikt zichtbaar als hij Lotte onderaan de trap ziet staan.

'Wat doe jij hier?' stamelt hij.

'Wat doe ík hier? Wat ben jíj in vredesnaam aan het doen, midden in de nacht?'

'Ik was even een luchtje aan het scheppen. Had naar gedroomd.'

'Bullshit. Je stond buiten met Sven. Wat moest-ie van je?'

Rick pakt haar bij haar arm en sleurt haar mee naar de keuken. 'Zachtjes,' sist hij, 'anders maak je mijn moeder en zus nog wakker.'

Zodra ze in de keuken zijn, rukt Lotte zich los. 'Wát moest Sven van je?'

'Laat het gaan, Lot, hij was dronken.'

'Hij had een mes. Hij wilde je wat aandoen. Het zag eruit alsof jullie ergens ruzie over hadden.'

'Welnee, hij was gewoon dronken en stoned. Niks om je zorgen over te maken. Hij zou me nooit wat aandoen.'

'Nou, zo zag het er anders wel uit.'

'Laat het rusten, Lot, echt. Bemoei je niet met dingen die je niets aangaan.'

'Dingen die jou raken gáán me aan. Ik ben je vriendin, weet je nog?'

Hij loopt naar de koelkast, trekt er een vol pak melk uit en zet het aan zijn mond. Ze kijkt naar zijn adamsappel, die beweegt bij elke slok die hij neemt. Pas als hij het halve pak heeft leeggedronken, zet hij het weer terug in de koelkast. Al die tijd staat ze hem met haar armen over elkaar geslagen aan te kijken.

'Kun je misschien uitleggen waarom ik het gevoel heb dat je iets voor me verzwijgt?'

'Nee, dat kan ik niet, want dat is niet zo.' Rick reageert kribbig en dat is ze niet van hem gewend.

'Je doet raar. Je bent jezelf niet. Blijf alsjeblieft uit de buurt van Sven, die jongen betekent niets dan *trouble*.'

'Ik blíjf toch ook uit zijn buurt. Hij zocht mij op, en niet andersom.'

'Dat klopt, maar hij zag eruit alsof hij een reden had om je op te zoeken. Hij zwaait niet zomaar met een mes naar iemand die hij als een broer beschouwt, toch?'

Rick draait zich nors van haar af.

‘Toe nou, Rick, vertel me gewoon wat er aan de hand is, dan kan ik je misschien helpen. Wat het ook is, we komen er wel uit.’

Ze loopt naar hem toe en pakt zijn gezicht tussen haar handen. Hij kijkt haar aan en even denkt ze dat ze tot hem is doorgedrongen, maar dan schudt hij haar van zich af.

‘Je ziet spoken. Ik weet niet wat jij doet, maar ik ga slapen.’ En weg is hij, haar beduusd achterlatend.

Laat hij haar hier nu zomaar staan? Alsof zij degene is geweest die midden in de nacht is opgestaan om zíjn nachtrust te verstoren? Ze heeft ineens bar weinig zin om weer naar boven te gaan en bij hem in bed te kruipen, maar alternatieven zijn er ook niet echt. Op de bank crashen roept alleen maar vragen op bij Mia en Anouk als die haar morgenvroeg vinden, en midden in de nacht naar huis gaan is ook geen optie. Bij Amy aankloppen is gezien de huidige omstandigheden al helemaal uitgesloten.

Met tegenzin sleept ze zichzelf de trap op. Rick ligt met zijn rug naar de deur toe in bed. Ze weet niet of hij slaapt of net doet alsof, maar het is in elk geval een helder signaal: hij wil niet met haar praten.

Ook goed, dan niet.

Voor het eerst sinds ze samen zijn wringt er iets en het maakt Lotte onrustig dat ze niet weet wat het is. Waarom vertrouwt Rick haar niet? Waarom voelt hij ineens zo ver weg? Tegen hem aan kruipen zoals ze normaal altijd doet, lijkt ineens niet meer zo vanzelfsprekend. Sterker nog, op dit moment voelt het gewoon verkeerd. Ze gaat in bed liggen. Rick geeft nog steeds geen krimp. Hoewel het nog steeds broeierig is in de kamer na de warme zomerdag, trekt ze het laken op tot aan haar wangen. Ze heeft het koud.

16

Heden

Het vliegtuig is een kwartier geleden volgens schema vertrokken van luchthaven San Francesco d'Assisi. De waarschuwingslampjes zijn net uitgegaan, dus heb ik de knellende buikgordel losgemaakt. In de beperkte ruimte probeer ik mijn benen iets te strekken om kramp te voorkomen. Het lukt niet echt. De felle zon schijnt door mijn raampje en ik zet mijn zonnebril op om niet verblind te raken. Ik zou natuurlijk het luikje kunnen dichtdoen, maar ik heb de behoefte om naar buiten te kijken. Het helpt me om na te denken en het felle licht en de hitte neem ik dus maar voor lief.

Ik heb die gek die me in Italië kwam opzoeken niet laten weten dat ik op weg ben naar Nederland. Het leek me beter om nog even onder de radar te blijven voordat ik me bij hem meld. Als het mogelijk is, wil ik eerst zelf zien uit te vinden wat Rick aan me heeft nagelaten. Daarna kan ik beslissen wat ik ermee ga doen en in hoeverre ik Ricks moordenaar – want dat is wat ik denk – daarbij betrek. Dit is waarschijnlijk de enige kans die ik krijg om hem voorgoed uit mijn leven te bannen, een kans die ik absoluut niet wil verknallen.

Als eerste staat een bezoekje aan Ricks ouderlijk huis gepland. De sleutel van de kluis, die op zijn kamer zou moeten liggen, hangt aan een ketting om mijn nek. Weggestopt onder mijn T-shirt zodat ik hem niet kwijtraak. Ik ben ontzettend nieuwsgierig naar wat ik in die kluis – als ik hem al vind – zal aantreffen. Zouden zijn moeder en zus zijn kamer en zijn spullen onaangeroerd hebben gelaten? Ik kan het me bijna niet voorstellen. Tien jaar is een lange tijd.

Ik stop de oortjes van mijn iPod in mijn oren en kies voor muziek waar Rick en ik allebei van hielden. De muziek zit in een speciaal aangemaakt mapje en werpt me meteen terug in de tijd. Ze roept heel veel verschillende emoties op en ik heb moeite om ze in goede banen te leiden. Ik denk aan Bas en aan wat ik ervoor over zou hebben om zijn beschermende armen nu om me heen te voelen. Aan hoeveel ik van hem houd en dat ik hem juist daarom niet in dit hele circus kan betrekken. Hoe hard Rick vanuit een ver verleden ook probeert om mijn volledige aandacht op te eisen, dat sta ik niet toe. Mijn leven is met Bas. Ook als Rick nog had geleefd en ineens na al die jaren voor mijn neus had gestaan om me te smeken bij hem terug te komen, had ik dat niet gedaan. Wat is geweest, is geweest. Maar dat doet niets af aan het grote verdriet dat ik wel degelijk voel, het gemis dat nooit helemaal over is gegaan en de boosheid om hoe hij aan zijn einde is gekomen. Ondanks alles had ik hem zoveel beter gegund. Hij was verre van volmaakt, dat zie ik nu ook wel, en hij en ik dachten toch echt heel verschillend over bepaalde zaken. Maar ik heb fijne herinneringen aan hem.

Met pijn in mijn hart denk ik aan mijn vriendin. Enerzijds kan ik niet wachten om haar weer te zien, anderzijds zie ik er enorm tegen op. Meer dan ooit zal ik die muur van geheimen tussen ons in voelen. Dat schuldgevoel dat in de loop der jaren alleen maar groter is geworden en waar zij nog steeds geen weet van heeft. Het gevaar dat om haar heen zoemt en dat ik hoop te kunnen wegnemen, ook al weet ik nog niet precies hoe. Eén ding weet ik in elk geval wel zeker: ik werp mezelf nog liever voor het mes dan dat ik haar nog een keer in de steek laat. Ik ben me er zeer van bewust dat ik haar moet beschermen in plaats van in gevaar brengen. Ook als dat betekent dat ik daar zelf de hoogste prijs voor moet betalen.

17

September 2009

Lotte staat te wachten op Rick. Hij is al een halfuur te laat en dat is niets voor hem. Tot nu toe heeft hij zich altijd strikt aan alle afspraken met haar gehouden. Zou hij boos zijn omdat ze vandaag niets van zich heeft laten horen? Omdat ze vanochtend zonder ontbijt is vertrokken en meteen naar Amy is gegaan?

Ze had haar vriendin niet lastiggevallen met haar zorgen over het akkefietje van die nacht. Eén blik op haar treurige gezicht was genoeg geweest om haar mond te houden. Lottes eigen sores vielen natuurlijk ook in het niet vergeleken met wat Amy allemaal te verduren kreeg. Bovendien was Amy altijd al sceptisch geweest over haar relatie met Rick en het laatste waar Lotte op dat moment behoefte aan had, was een preek.

Halverwege de avond was ze met tegenzin naar Oom Toon gegaan om een bardienst te draaien. Sinds haar vriendin niet meer samen met haar achter de bar staat, moet ze zich er echt toe zetten om te gaan. Als ze er eenmaal is, lukt het haar gelukkig meestal wel om de knop om te zetten met behulp van de vrolijke muziek en enthousiaste klanten. Maar wanneer ze na afloop weer buiten staat, overvallen de zinloosheid en leegte van alles haar keer op keer.

Onrustig kijkt Lotte op haar horloge. Voor de tiende keer probeert ze Rick te bellen, maar hij neemt niet op. Sterker nog, ze krijgt deze keer niet eens zijn voicemail, maar een melding dat het nummer niet in gebruik is. Uit haar hoofd toetst ze zijn nummer nogmaals in, maar ook deze keer krijgt ze de boodschap dat het nummer niet bestaat en langzaam maar zeker slaat haar ergernis om in paniek. Het gevoel dat er iets raars aan de hand is, dat er iets niet klopt, wordt steeds sterker. Wat moet ze nu doen? Nog even wachten, of toch maar naar huis gaan?

Besluiteloos kijkt ze om zich heen. Het is stil op straat. De kroegen zijn dicht en het uitgaanspubliek is afgetaaid, met uitzondering van een enkeling die kennelijk nog niet naar huis wil. In de verte ziet ze iemand aan komen lopen. Zou het Rick zijn? Is hij te voet omdat zijn scooter kapot is en is dat de reden waarom hij zo laat is? Ze knijpt haar ogen samen. Het is Rick niet, het is... Sven. Natuurlijk, van iedereen die ze in Dordrecht kent moet hij het zijn. De grootste griezel die ze kent. Dan beseft ze dat híj misschien wél weet waar Rick is. Ze zou het hem kunnen vragen. Alleen... is het wel verstandig om hem te benaderen, nadat hij zich afgelopen nacht zo agressief heeft gedragen?

Het besluit wordt haar uit handen genomen, want hij heeft haar nu ook gespot en komt resoluut op haar afgelopen. Zijn gezicht staat op onweer. Hij is kwaad. Heel erg kwaad. De angst slaat haar om het hart. Wat wil hij van haar? Schichtig kijkt ze om zich heen of ze nog kan ontsnappen. In uiterste nood kan ze altijd nog terug de kroeg in vluchten, denkt ze. Ze klemt haar hand stevig om de sleutel van de personeelsingang van Oom Toon.

'Waar is dat vriendje van je?' Sven staat pal voor haar en pakt haar ruw bij haar arm.

'Au, je doet me pijn. Laat me los.' Lotte probeert haar arm los te rukken, maar Sven gaat alleen maar harder knijpen.

'Ik ga gillen, hoor,' dreigt ze.

Hij duwt haar hardhandig tegen de muur. Met zijn lichaam schermt hij haar af, waardoor ze er voor een eventuele voorbijganger uitzien als een stelletje dat intiem tegen elkaar aan staat. Dan hoort ze een klik en voelt ze iets kouds en scherps tegen haar nek drukken.

'Als je je bek niet houdt, snij ik je strot door. Begrepen? Nogmaals, waar is Rick?'

'Dat weet ik niet.' Haar stem trilt en ze voelt tranen opkomen. Ze wil sterk zijn, dapper, maar haar benen voelen als pap. 'Hij zou me ophalen, maar hij is niet komen opdagen.'

'Ik geloof je niet.'

'Het is echt waar. Ik heb de hele dag nog niets van hem gehoord.'

Ze ziet hem twijfelen en dat geeft haar net dat kleine beetje moed dat ze nodig heeft. 'Ik heb jullie gezien vannacht. Wat is er aan de hand tussen jou en Rick?'

'Dat vriendje van jou heeft me belazerd. Hij heeft me iets afgenomen en dat pik ik niet. Maar aangezien jullie zo close zijn, heeft hij je dat vast wel verteld.' De punt van het mes prikt weer in haar nek.

'Nee, echt niet. Ik weet niet waar je het over hebt,' stamelt ze.

'Het is heel dom om tegen me te liegen.'

'Ik lieg niet.'

'Alles in orde daar?' klinkt het ineens vanaf de overkant van de straat. Een groepje mannen is Sven en Lotte gepasseerd, maar een van hen is blijven staan en komt nu hun kant op lopen. Het is een beer van een vent.

Sven verstijft.

'Zeg maar tegen Rick dat het heel onverstandig is wat hij heeft gedaan,' sist hij in haar oor, 'en dat ik hem hoe dan ook zal vinden. Hij kan dus maar beter contact met me opnemen, anders...'

Hij haalt zijn vinger langzaam langs zijn hals. Dan laat hij haar los. Het mes dat even daarvoor nog op haar keel stond, is zonder dat ze het in de gaten heeft gehad in zijn jaszak verdwenen.

'Valt hij je lastig, meisje?' De man is hen tot op een paar meter genaderd. Het is werkelijk een reus, ze schat hem minstens twee meter lang.

Sven doet een stap terug en lacht naar de voorbijganger. 'Even een romantisch onderonsje met mijn meissie na een gezellig avondje in de kroeg. Jij bent vast ook jong geweest,' zegt hij en hij knipoogt erbij.

De man, die misschien maar tien jaar ouder is dan Sven, negeert hem en richt zich tot Lotte. 'Is dat zo?'

'Ja hoor, niks aan de hand,' antwoordt ze schril. Ze heeft de blik in Svens ogen gezien. Hij is tot alles in staat vanavond. Haar redder is weliswaar groot, maar tegen een mes kan ook hij niks beginnen.

De man kijkt haar nog even onderzoekend aan en draait zich dan weer om. 'Geen dingen doen die ik ook niet zou doen, hè,' zegt hij over zijn schouder, terwijl hij zich weer bij zijn vrienden voegt.

Sven steekt zijn duim naar hem op en kijkt hem na. Wanneer het groepje eindelijk de hoek om is, draait hij zich weer om. Hij prikt met zijn vinger tegen haar voorhoofd.

'Zorg dat dat misverstand tussen mij en Rick wordt opgelost, Lotte, want anders kun je dag zeggen tegen dat mooie gezichtje van je.'

Dan loopt hij bij haar vandaan, haar bibberend en naar adem happend achterlatend.

Het duurt een paar minuten voordat haar hartslag weer een beetje normaal is. *Shit, dat was heftig. Wat een klootzak!* Het liefst was ze nu linea recta naar Amy gegaan, maar ze weet dat ze dat niet kan maken. Niet nu haar vriendin het zo moeilijk heeft. Naar haar eigen huis gaan is ook geen optie, dus besluit ze een taxi te nemen naar Ricks huis.

Met de fooien die ze die avond heeft verdiend betaalt ze de taxichauffeur en dan belt ze – met enige schroom omdat het midden in de nacht is – aan. Pas nadat ze een tweede keer heeft aangebeld, doet Ricks moeder met een slaperig gezicht open.

'Sorry dat ik zo laat nog aanbel, Mia, maar is Rick hier?' valt Lotte met de deur in huis. 'Hij zou me ophalen bij Oom Toon, maar hij is niet komen opdagen. Hij heeft me nog nooit laten zitten.'

De tranen springen haar in de ogen.

'Rick is hier niet, lieverd. Ik dacht dat hij bij jou was.'

Lotte schudt haar hoofd, terwijl Mia haar hand pakt en haar naar binnen trekt.

'Hij neemt zijn telefoon ook niet op en nu krijg ik zelfs de melding dat het nummer niet in gebruik is. Het is zo raar allemaal.'

Mia is direct klaarwakker, loopt naar de telefoon en belt zijn nummer. Ook zij krijgt een 'niet in gebruik' te horen en haar gezicht krijgt een ongeruste uitdrukking.

'Is er iets gebeurd tussen jullie? Hebben jullie ruzie gehad?'

'Gisteren een beetje, om iets onbenulligs,' vertelt Lotte de halve waarheid. 'Geen reden in elk geval om me meteen helemaal te negeren. Het is echt niks voor Rick om me zo te laten zitten.'

'Dat is 'm geraden ook, ik heb hem netjes opgevoed. Is hij niet bij Sven?'

Bij het horen van die naam lopen de rillingen Lotte weer spontaan over de rug. 'Nee, ik heb Sven een halfuur geleden nog in Dordrecht gezien. Ze gaan trouwens niet meer zoveel met elkaar om.'

'O, is het weer zover? Dat hebben ze hun hele leven al. Er zijn periodes dat ze wel een getrouwd stel lijken en dan ineens kunnen ze elkaar weer een poosje niet luchten of zien. Nou ja, wat ik al zei: net een getrouwd stel dus.'

Mia grinnikt, maar ziet dat Lotte er niet om kan lachen. 'Je mag Sven niet zo, hè?'

'Nee, ik vertrouw hem voor geen meter.'

'Hij heeft een hoop meegemaakt en van zijn opvoeding moet hij het niet hebben. Het is geen verkeerde jongen.'

'Dat zegt Rick ook altijd.'

Even twijfelt ze of ze Mia in vertrouwen zal nemen over het mes dat Sven haar net op de keel zette en zijn dreigementen. Ze besluit het niet te doen, omdat ze nog altijd niet weet wat er precies aan de hand is. Ze wil Rick niet in de problemen brengen. Volgens Sven had Rick hem iets afgenomen. Zou dat waar zijn? Zou hij zijn beste vriend echt iets geflikt hebben?

Wat is er toch met Rick aan de hand? Ze heeft hem sinds de overval een stuk minder gezien en waar ze voorheen altijd precies wist waar hij uithing en wat hij deed, kan ze er nu alleen maar naar gissen. De keren dat ze hem wél ziet, hebben ze het nog altijd heel erg fijn samen. Dan heeft hij alleen maar oog voor haar en overlaadt hij haar met cadeautjes. Mooie kleren, toffe gympen, make-up, parfum. Heel erg romantisch. Of moet ze daar juist iets achter zoeken? Heeft hij soms een ander en probeert hij dat te verbloemen door haar extra te verwennen? Het is niet de eerste keer dat die gedachte zich aan haar opdringt. Sinds een paar weken ontvangt hij op de vreemdste momenten appjes en als ze hem ernaar vraagt, antwoordt hij altijd een beetje vaag dat het een of andere kennis is. Dat het niet belangrijk is. Natuurlijk zou dat kunnen, maar helemaal vertrouwen doet ze het niet. Waarom zegt hij niet gewoon eerlijk tegen haar wie het is?

Zou het echt waar kunnen zijn, gaat Rick vreemd? Verklaart dat zijn vreemde gedrag? Maar hoe zit het dan met die rare ontmoeting met Sven van afgelopen nacht, en Svens boosheid? Dat valt toch niet met elkaar te rijmen? Tenzij... *Hij heeft me iets afgenomen*, had Sven gezegd. Wat als Rick niet zomaar een ander heeft, maar dat die ander een van Svens vriendinnen is? Sven heeft niet echt één vaste vriendin, maar er is altijd wel een meisje bij hem als hij uitgaat in Dordt. Nooit twee weekenden achter elkaar dezelfde, maar er zijn een paar meiden met wie Lotte Sven vaker heeft gezien. Ze heeft het er weleens met Rick over gehad en die had gezegd dat dat Svens FWB's waren.

'FWB's?'

'Friends with benefits – meisjes met wie hij af en toe... nou ja, je weet wel.'

Ja, ze wist het wel. Seks. Maar was dat waar Sven het over had gehad? Een meisje? Zou Rick daartoe in staat zijn, een vriendin, of FWB, van zijn beste vriend inpikken? *Terwijl hij gvd met mij is!* Ze kan het maar moeilijk geloven. En toch... Rick houdt de laatste tijd wel meer dingen voor haar achter, dus dit zou ook heel goed kunnen. Eerst deelde hij alles met haar, zelfs zijn strubbelingen met Sven, maar nu... Het is duidelijk dat er iets is veranderd. Alleen wat? En waarom?

'Lotte?'

Mia's stem haalt haar terug naar het hier en nu.

'Sorry Mia, wat zei je?'

'Ik vroeg of je hier wilt blijven slapen. Grote kans dat Rick hier vannacht nog opduikt en dat er een onschuldige verklaring is voor dit alles. Dan weet je het maar meteen. En als hij niet komt opdagen, dan... zullen we morgenochtend naar de politie moeten gaan, ben ik bang. Nu heeft het nog geen zin, ze zullen ons niet kunnen helpen, maar ik zou het fijn vinden als je er morgen bij kunt zijn als ik hem als vermist moet opgeven.'

Het doet onwezenlijk aan, Ricks moeder horen zeggen dat ze wellicht naar de politie moeten gaan om aangifte te doen. Maar dat is pas morgen, ze mogen in de tussentijd de hoop niet opgeven. Alles komt vast nog goed. Straks komt Rick gewoon thuis en dan is het inderdaad fijn als zij er al is.

'Als dat geen probleem is...'

'Je weet zijn kamer te vinden.'

Mia produceert iets wat op een glimlach lijkt en vertrekt naar boven. Lotte blijft nog even in de woonkamer staan en volgt dan haar voorbeeld.

Lotte schrikt wakker van het zoemen van haar telefoon en is meteen klaarwakker, hoewel ze maar een paar uurtjes heeft geslapen. Haar telefoon geeft aan dat het zeven uur in de ochtend is.

Rick! is het eerste wat door haar hoofd schiet, maar die hoop vervliegt meteen als ze ziet dat de beller een anoniem nummer heeft. Ze neemt toch op.

'Hallo?' zegt ze aarzelend.

'Lot, met mij,' klinkt het gehaast.

'Rick?' vraagt ze, hoewel ze zijn stem meteen herkent. Haar hart begint te bonken en ze wordt licht in haar hoofd. 'Waar ben je? Je moeder en ik zijn doodongerust.'

'Mijn moeder? Ben je bij mij thuis?'

'Ja, toen je niet op kwam dagen ben ik hierheen gekomen om je te zoeken en toen heeft je moeder gevraagd of ik wilde blijven slapen. We waren van plan vandaag samen naar de politie te gaan om je als vermist op te geven. Waar ben je toch?'

'Dat doet er even niet toe.'

'Hoezo niet? Wat is er aan de hand? Waarom bel je met een anoniem nummer? Doet je telefoon het niet? Als ik je bel, krijg ik een melding dat het nummer niet bestaat.'

'Mijn telefoon is gisteren gestolen, dus ik heb de boel laten blokkeren.'

'O, is dat waarom je gisteren niet kwam opdagen? Ik heb een hele tijd op je staan wachten en toen kwam Sven, en die gast is echt helemaal gek en...' Na de eerste opluchting dat Rick weer terecht is, komt nu de boosheid van de afgelopen nacht in alle hevigheid opzetten.

'Wat moest Sven van je?'

'Hij moest iets van jou en vond het nodig om mij met een mes te bedreigen. Dat is ook iets waarvoor ik vandaag naar de politie wil gaan.'

'Wat zei hij precies?'

'Dat je hem had belazerd en dat je contact met hem moest opnemen als je leven je lief was en dat hij ook niet zou aarzelen om mij iets aan te doen.'

'Fuck.'

'Ja, fuck ja, dat lijkt me nogal een understatement. En fijn dat je ook even vraagt hoe het met mij gaat, maar niet heus.' Lotte kan haar boosheid niet langer verbloemen. 'Wat heb je gedaan, Rick, dat hij zo pissed op je is? Hij zei dat je hem iets afgenomen hebt.'

'Hij draait de boel om,' klinkt het gemompelde antwoord, 'en hij probeert mij het vuile werk te laten opknappen. Ik kan er verder niks over zeggen.'

'Niks zeggen? Ben je helemaal gek geworden! Als je wilt dat wij samen blijven, dan zou ik maar snel beginnen met praten.'

'Dat kan ik niet, Lot.'

'Ik wil geen vriend die dingen voor me verzwijgt of tegen me liegt, Rick. Heb je soms een ander?'

Het hoge woord is eruit.

'Wat? Nee, natuurlijk niet. Alles wat ik heb gedaan, deed ik voor ons. Ik zag een kans en die heb ik gepakt.'

'Doe niet zo vaag. Wat heb je gedaan? Je zult het me moeten vertellen als je me niet kwijt wilt raken.'

'Ik raak je hoe dan ook kwijt. Als ik blijf zwijgen én als ik praat.'

'Bullshit! Er klopt iets niet, Rick. Je bent vreemdgegaan, geef het nou maar toe. Met een van Svens vriendinnen.'

'Wát? Hoe kom je daar in godsnaam bij? Ik ben met niemands vriendin naar bed gegaan, behalve die van mijzelf. Jij dus.'

De woorden blijven in de lucht hangen en Lotte staart voor

zich uit. Gelooft ze hem? Kan het zijn dat ze spoken ziet, omdat ze van slag is door alles wat er de afgelopen maanden is gebeurd?

'Lot, ben je daar nog?'

'Als je niet een van Svens vriendinnen hebt ingepikt, wat heb je dan gedaan? Heb je geld van hem gejat? Komt daar al dat geld vandaan waar je al die cadeautjes en uitstapjes van de laatste tijd mee hebt betaald? Hij heeft me bedreigd met een mes, Rick, dat doet hij toch niet zomaar? Om hoeveel geld gaat het?'

'Ik... het is niet wat je denkt.' De twijfel in zijn stem verraadt hem.

'Volgens mij is het precies wat ik denk. Gaat het om een groot bedrag? En hoe komt Sven daaraan? Hebben hij en die foute vriendjes een geldautomaat opgeblazen of zo?' En dan krijgt Lotte het plotseling ijskoud. Een afschuwelijke gedachte dringt zich aan haar op. 'Heeft Sven iets te maken met de roofoverval op Amy's ouders? Rick?'

'Hij was toen toch bij de diploma-uitreiking, je hebt hem daar zelf gezien.'

Dat is ook zo, denkt ze. Hoezeer ze ook een hekel heeft aan Ricks vriend, hij kan inderdaad onmogelijk op twee plekken tegelijk zijn geweest. Maar het akelige vermoeden dat zich in haar lichaam heeft genesteld, weet van geen wijken.

'Heb jij die kluiscode doorgebriefd aan Sven en zijn vriendjes?'

'Nee, die code is gewist, dat weet je.'

De kou trekt verder omhoog in Lottes lichaam en verlamt haar bijna. 'Ja... maar die dag dat ik per ongeluk de oorbellen van Amy's moeder had meegenomen, was Sven bij jou. Heb je hem toen mijn sms laten zien?'

'Nee, Lotte, echt niet! Ik heb hem nog nooit een sms van jou laten zien.'

'En je hebt hem er ook niet over verteld?'

'Nee, natuurlijk niet.'

Kan ze hem geloven? Ze denkt van wel, hij klinkt in elk geval oprecht. Toch heeft ze nog steeds het gevoel dat er iets niet klopt. Er moet iets zijn gebeurd die middag, waardoor...

'Misschien heeft Sven zonder dat je het in de gaten had die code gestolen?'

'Hoe dan, Lot?'

'Nou, je wilde die code wissen toen Sven was vertrokken, omdat je niet meer zeker wist of je hem daadwerkelijk had verwijderd toen je onze drankjes ging halen. Maar die sms stond toen niet meer in je toestel dus concludeerde je dat je hem kennelijk toch al had verwijderd. Dat was nadat Sven bier over je telefoon had gegooid en met je toestel naar de keuken was verdwenen. En hij was heel erg geïnteresseerd in die oorbellen, dat kan ik me ook nog herinneren.'

'Nou, en?'

'Laat me uitpraten. Ik heb je in de gang toen ik binnenkwam verteld over de kluis en je gevraagd of je die code had verwijderd. Dat had je toen nog niet gedaan, zei je. Wat als Sven dat gesprek heeft opgevangen, de code uit je telefoon heeft geplukt, dat hele bericht vervolgens uit je telefoon heeft verwijderd en daarna alles door heeft gebriefd aan een van die foute vriendjes van hem? Die Sam Mooijman bijvoorbeeld?

'Je ziet spoken, Lotte, complotten die er niet zijn.' Ricks stem klinkt onvast.

'Is dat zo, Rick?' Ze spreekt zijn naam nadrukkelijk uit. 'Je klinkt niet echt overtuigend. Heeft Sven iets te maken met die overval op Amy's ouders? Heeft die Sam Amy's ouders overvallen en Sven een deel van de buit gegeven als tipgeld? En wat heb jij daar dan mee te maken, Rick?'

'Helemaal niks, dat zeg ik toch!'

'Je gaat me nu de waarheid vertellen, anders wil ik je nooit meer zien.'

'Dus je beweert dat ik lieg? Lekkere vriendin ben jij. Je lult uit je nek, Lotte, dat is de waarheid.'

'O ja? Nou, misschien moet ik mijn vermoedens dan maar met de politie delen. Kunnen zij uitzoeken hoe het werkelijk zit en wie er gelijk heeft.'

'Als je dat doet...!' Rick schreeuwt zo hard dat ze het toestel een stukje van haar oor haalt.

'Wat dan, Rick, wat dan? Zet je dan ook een mes op mijn keel, net als dat leuke vriendje van je?'

Het blijft even stil aan de andere kant van de lijn.

'Luister, Lot, het zou heel onverstandig zijn als je naar de politie gaat. Zowel voor jou als voor mij.'

'O, en waarom zou dat voor mij onverstandig zijn?'

'Wie was er zo stom om die sms aan mij te sturen en wie heeft daarover gelogen tegen de politie?'

Nu valt Lotte stil.

'Stel dat jouw hersenspinsels waar zijn, wat niet zo is, dan ben jij ook "indirect schuldig". Hoe denk je dat Amy daarop zal reageren? Zou ze dan nog steeds je beste vriendin willen zijn? Als jij naar de politie gaat om die onzin te verkondigen, dan stap ik naar Amy.'

'Vuile, vieze...'

'Als je je vriendinnetje niet kwijt wilt raken en haar wilt behoeden voor nog meer verdriet, dan hou je je mond.'

'Het is dus waar. Sven heeft die code via jou...' Maar Rick hoort het al niet meer. Hij heeft opgehangen.

Verslagen laat Lotte haar telefoon vallen. Ze slaat haar hand voor haar mond om een kreun te onderdrukken. In één klap is ze alles kwijt: haar vriendje, haar grenzeloze vertrouwen in hem, hun toekomst samen. Hij heeft al die tijd haar verdriet gezien en dat van Amy, en niets gezegd. *O mijn god, Amy* – hoe kan ze haar vriendin ooit nog recht in de ogen kijken? Door haar stommiteit is haar vriendin haar moeder verloren en wordt haar vader misschien nooit meer de oude.

Ze valt achterover op het bed en staart naar het plafond. Wat een puinhoop. Dit valt nooit meer te herstellen. En allemaal omdat zij per ongeluk die code aan Rick stuurde. Wat zijn rol in het geheel is, is haar nog steeds niet helemaal duidelijk. Wist hij dat Sven en zijn vrienden iets van plan waren en zo ja, heeft hij dan gezwegen omdat hij dacht dat het wel los zou lopen en er geen gewonden zouden vallen? Of heeft hij gezwegen omdat hij zelf ook een graantje hoopte mee te pikken omdat de kluiscode van hem kwam? Heeft Sven hem uiteindelijk misschien niet beloond en heeft hij toen zelf gepakt waar hij recht op meende te hebben? Ze kan het hem niet vragen, want ze heeft zijn nieuwe nummer niet. Heeft hij haar bewust anoniem gebeld omdat hij al nattigheid voelde?

Wat er ook precies is gebeurd, duidelijk is dat ze Rick al die tijd verkeerd heeft ingeschat. Ze was zo blind van verliefdheid dat ze zijn ware aard niet zag. Ze dacht dat ze de rest van haar leven met hem zou doorbrengen, maar hun relatie was één grote leugen en de droom is uiteengespat. Hoe kan ze nu ooit nog iemand vertrouwen? Hoe kan ze zichzelf en haar beoordelingsvermogen nog vertrouwen? En het allerergste is dat ze zonder het te weten of te willen, zelf de eerste steen omver heeft geworpen in dit dominospel dat zo desastreus is geëindigd. Dat levens heeft genomen en verwoest. In die zin klopt het wat Rick zegt: ze kan haar ogen niet sluiten voor haar eigen rol in dit geheel.

Deel 2
Dordrecht en omstreken, heden

18

Ik heb vanaf Rotterdam The Hague Airport een taxi genomen naar Dordrecht. De chauffeur heeft me op mijn verzoek aan het begin van de Voorstraat afgezet. Ik heb hem gevraagd op me te wachten en gezegd dat ik niet lang wegblijf. Ik moet Amy even zien voordat ik naar Ricks ouderlijk huis ga. Ik moet zien waarvoor ik het doe. De reden dat ik dit moet doorzetten in plaats van het eerste het beste vliegtuig terug naar Italië te nemen.

Het is gek om hier weer te lopen na al die tijd. Op het eerste gezicht is er niet veel veranderd. Grotendeels dezelfde winkels en dezelfde mensen, hoewel ze net als ik ouder zijn geworden. Ik sta letterlijk even stil om alles goed in me op te nemen. Het is een aparte sensatie, die combinatie van herkenning van en aversie tegen deze omgeving. De weerstand die ik ervaar zet een streep door het gevoel van thuiskomen dat er heel even was. Het leven is hier zonder mij gewoon doorgegaan, alsof ik altijd al een overbodig stukje was in de grote puzzel. Tegelijkertijd besef ik ook dat ik boter op mijn hoofd heb. Ik heb Dordrecht niet gemist, sterker nog, ik heb er zo veel mogelijk afstand van genomen, dus waarom zou Dordrecht mij wel missen?

Een waterig zonnetje probeert door de wolken heen te breken wanneer ik verder loop richting juwelier Verdonk. De atmosfeer is broeierig en vochtig, typisch Nederlands verstikkend. Het zou me niet verbazen als er vanavond een paar flinke onweersklappen volgen. Elke stap die me dichter bij de juwelier brengt, doet mijn hart sneller kloppen. Hoe zal dit aflopen? Voor de etalageruit blijf ik even staan. Oorbellen, kettingen, ringen en horloges blinken me tegemoet. En als ik verder de winkel in kijk, zie ik haar staan. Amy, mijn liefste vriendin.

Alleen de aanblik is al genoeg om me te doen beseffen hoe erg ik haar heb gemist. Hoe ik haar bewonder om de manier waarop ze haar leven weer heeft opgepakt en vorm heeft gegeven na de brute moord op haar moeder. Haar lef om gewoon weer achter die toonbank te gaan staan en hoe ze haar angsten voor een nieuwe overval de baas is geworden. Ik weet niet of ik dat had gekund als ik in haar schoenen had gestaan. Dan zie ik Amy's vader de winkel in komen strompelen en mijn hart huilt. Hij moet de rest van zijn leven met een stok lopen, maar is verder goed hersteld van de aanval. Zijn revalidatie is lang en pijnlijk geweest, maar hij heeft het nooit opgegeven. Zijn liefde voor Amy bracht hem letterlijk weer op de been. Amy is zijn wereld en hij die van haar. Hun band is alleen maar sterker geworden sinds het drama.

Ik praat mezelf moed in en loop naar de deur. Er klinkt een belletje om mijn bezoek aan te kondigen. Amy kijkt op van achter de toonbank en haar mond valt open van verbazing.

'Lotte!'

Ze rent op me af en omhelst me met zoveel enthousiasme dat ik moeite heb om me staande te houden. 'Lotte, wat een verrassing!'

'Claudette,' zeg ik, 'ik heet nu Claudette.'

'Voor mij blijf je altijd Lotte. Ik heb nooit begrepen waarom je je naam zo nodig moest veranderen.'

Ze laat me los en gaat een stukje bij me vandaan staan om me goed te kunnen bekijken.

'Wat zie je er goed uit! O, ik ben jaloers op je mooie bruine huid.'

'Daar hoef ik anders niet echt veel voor te doen.'

Ze kijkt naar haar eigen witte armen, waar in de loop der jaren alleen maar meer sproetjes op zijn gekomen. 'Ik ben zo hard aan het werk dat ik amper tijd heb om van de zon te genieten. Als hij schijnt tenminste, want dat moet je hier altijd maar afwachten.'

Meneer Verdonk, die zich duidelijk even op de achtergrond heeft gehouden, loopt nu ook naar me toe. 'Wat leuk, Lotte. Dat is lang geleden.'

Ik zie dat hij niet zo goed weet of hij me een hand of een knuffel moet geven, dus ik help hem een beetje. Ik sla mijn armen om hem heen en geef hem een kus op zijn gladgeschoren wang. Hij ruikt nog steeds naar dezelfde aftershave als vroeger.

'Goed om u te zien, meneer Verdonk. Het is zeker lang geleden.'

Zodra ik hem loslaat, pakt Amy mijn hand. 'Ben je toch gekomen voor de begrafenis?'

'Onder andere. Hoewel ik nog steeds niet weet of ik er goed aan doe.'

'Zal ik met je meegaan?'

Hoewel ik dat dolgraag zou willen, sla ik haar aanbod af. De kans dat 'hij' daar opduikt is levensgroot en ik wil haar niet extra blootstellen aan gevaar.

'Heel lief van je, maar ik denk dat ik dit alleen moet doen. Het is een open eindje in mijn leven dat ik nu eindelijk op mijn eigen manier kan afsluiten.'

Amy lijkt teleurgesteld, maar zegt dat ze het begrijpt. Zij weet als geen ander dat je soms even alleen moet zijn om je verdriet de vrije loop te kunnen laten.

'En wat is "dat andere" dat je naar ons kikkerlandje heeft gebracht?'

'Mijn moeder. Ze is ziek en ik krijg er via de telefoon niet echt goed hoogte van wat er precies aan de hand is.' Met pijn in mijn hart houd ik Amy hetzelfde leugentje voor als Bas.

'Och, jeetje. Hopelijk niks ernstigs. Doe je ouders de groeten van me.'

'Zal ik doen.'

'Heb je onze "goede vriend" nog gesproken sinds hij in Italië ineens voor je neus stond?' verandert ze van onderwerp. 'Ik wist niet wat ik zag, joh, toen hij hier ineens binnen kwam lopen.'

'Nee, niet meer gesproken, geen behoefte aan. Na al die jaren heb ik nog altijd een hekel aan hem. En jij, nog contact gehad sinds jullie samen op de foto zijn gegaan?' vraag ik langs mijn neus weg.

'Ik sta er hetzelfde in als jij, hoor,' gaat Amy verder. 'Ik heb het altijd een eikel gevonden en ik kreeg niet de indruk dat hij veel veranderd is. Maar goed, ik heb maar aardig tegen hem gedaan. Hij was vroeger al onvoorspelbaar en kon zo ontzettend boos worden als iets hem niet zinde.'

'Beloof me dat je uit zijn buurt blijft, Amy.' Ik kijk haar zo doordringend aan dat ze begrijpt dat het geen vrijblijvend advies is, maar een dringende oproep. Ze kijkt me even onderzoekend aan en knikt dan instemmend.

'Als hij nog eens langskomt, dan zet ik hem de winkel uit. Streng doch rechtvaardig,' zegt ze met een stralende glimlach op haar gezicht. 'Maar kom, dan zet ik een bakkie overheerlijke automatenkoffie voor je.'

'Ander keertje graag, ik heb een afspraak.'

Ik laat in het midden met wie en ik zie dat Amy het moeilijk vindt dat ik haar in het ongewisse laat. Misschien roept het herinneringen op aan de tijd dat ik verkering had met Rick en ze zich ook vaak buitengesloten voelde. 'Er staat een taxi op me te wachten en de meter tikt door, maar ik móést je even zien. Ik ben vanaf de luchthaven rechtstreeks hiernaartoe gekomen.'

Haar gezicht klaart weer wat op. 'Later in de week dan?'

'Zeker weten. Ik verwacht dat ik hier de komende week zeker nog wel ben. Ik heb mijn retourvlucht nog niet geboekt, dus ik ben redelijk flexibel.'

'Nou, wegwezen dan. De meter tikt.' Ze omhelst me stevig en ik knuffel haar terug.

'Zo fijn je te zien, Eem, echt,' fluister ik in haar oor, terwijl haar springerige krulhaar tegen mijn neus kriebelt. Ik geef haar een zoen op haar wang en maak me voorzichtig los uit haar omhelzing. Ik voel haar weerstand om me te laten gaan, maar ze zet zich eroverheen.

Met een brok in mijn keel loop ik terug naar waar mijn taxi op me wacht. Bij een bloemententje koop ik snel nog even een bos fresia's voor Mia; het voelt niet goed om na al die jaren met lege handen aan te komen zetten bij de vrouw die me in het verleden altijd zo hartelijk in haar huis heeft ontvangen. Bovendien is ze in de rouw en bij rouw horen nu eenmaal bloemen.

De taxichauffeur heeft zijn motor al die tijd stationair laten draaien en er hangt zo'n stinkende walm van uitlaatgassen rond de auto, dat ik bang ben dat de bloemen ter plekke zullen verwelken. Ik geef hem Mia's adres in Zwijndrecht met het verzoek me daarheen te brengen en ga op de achterbank zitten. Gelukkig sluit hij de ramen pas als de ergste stank uit de auto is gewaaid.

Ik adem een paar keer diep in en uit en probeer me mentaal voor te bereiden op de ontmoeting met de vrouw van wie ik ooit dacht dat ze mijn schoonmoeder zou worden. Want wat zeg je tegen iemand die haar zoon is verloren? En daar komt nog iets anders bij wat al een tijdje door mijn hoofd spookt, namelijk de vraag of Mia gelooft dat Rick is omgekomen bij een ongeluk, zoals de media beweren. Of vermoedt ze, net als ik, dat er meer aan de hand is? Ik heb geen flauw idee wat Rick wel of niet aan zijn moeder heeft verteld. Hoe heeft hij zijn plotselinge vlucht naar Thailand aan haar verklaard? Heeft zij net als ik een telefoontje van hem gehad voordat hij voorgoed uit beeld verdween? Ze heeft het altijd ontkend, maar het moet haast wel. Want waarom wilde ze destijds na een nacht slapen de politie ineens niet meer inschakelen om Rick op te sporen, terwijl ze me enkele uren daarvoor nog had gevraagd om met haar mee te gaan om aangifte te doen? Rick moet haar gesmeekt hebben om hem te vertrouwen en haar op het hart hebben gedrukt om de politie erbuiten te houden.

Allemaal vragen en geen antwoorden, en ik twijfel hevig over wat ik moet doen. Ik kan het eigenlijk niet maken om Mia nu, terwijl ze rouwt om het verlies van haar zoon, met al deze raadsels te confronteren. En heeft het sowieso wel zin om al die oude koeien uit de sloot te halen? Ik maak het voor mezelf en haar alleen maar moeilijker en pijnlijker als ik een poging doe de onderste steen boven te krijgen, en Rick krijgen we er niet mee terug.

De taxichauffeur trapt vrij bruusk op de rem. Tot mijn verbazing zie ik dat we al voor Ricks ouderlijk huis staan. Door mijn gemijmer is de rit voorbijgevlogen zonder dat ik er erg in had.

'Dit is toch het goede adres?' vraagt hij, als ik niet meteen uitstap.

'Eh, ja, dank u wel.'

'Moet ik weer op u wachten?'

'Nee, dat hoeft niet. Ik heb geen idee hoe lang het gaat duren.'

'Wat u wilt.'

Ik reken af en geef hem een vette fooi. Hij steekt zijn duim op en rijdt weg.

Daar sta ik dan, Rick, zeg ik in gedachten. Bij de aanblik van zijn ouderlijk huis word ik weer overspoeld door herinneringen. Voornamelijk mooie. Ik zou er bijna door vergeten dat ik hier kom voor serieuze zaken. Ik schakel mijn emoties zo veel mogelijk uit en verzamel al mijn moed om de straat over te steken. *Niet nadenken, Lot, gewoon doen.* Als ik te veel nadenk over wat me misschien te wachten staat, wat ik aan zal treffen in die kluis, dan zou ik me nu omdraaien en voorgoed wegvluchten.

Resoluut loop ik naar de voordeur en druk op de bel. Terwijl ik wacht tot er wordt opengedaan, knap ik bijna uit elkaar van de zenuwen.

19

'Dag Mia,' zeg ik met haperende stem als de deur opengaat.

Ricks moeder kijkt me vragend aan en op haar gezicht zie ik geen enkel spoor van herkenning.

'Dag?' zegt ze aarzelend. 'Kan ik iets voor u doen?'

Ik steek haar de bos bloemen toe en ze pakt hem afwezig aan. Ze geeft de deur alweer een zetje om hem te sluiten. Ik zet mijn voet ertussen om te voorkomen dat hij dichtvalt, met het risico dat ze nu écht denkt dat ik een Jehova's getuige ben of een bezorger van Fleurop.

'Gecondoleerd met het overlijden van Rick,' zeg ik.

Ze fronst haar wenkbrauwen alsof het ondenkbaar is dat ik haar zoon ken. Met een indringende blik neemt ze me van top tot teen op en dan lijkt het kwartje opeens te vallen.

'Lotte?'

'Ja, ik ben het.' Ik neem niet de moeite om haar te vertellen dat ik mijn naam heb veranderd in Claudette. Het doet er niet toe en roept alleen maar vragen op.

'Gut, kind, ik had je niet herkend. Wat fijn om je te zien. Je hebt het dus gehoord van Rick?'

Haar stem breekt als ze de naam van haar zoon uitspreekt en dat bezorgt me een brok in mijn keel. Ze ziet er slecht uit. Haar huid is bleek en dof, de kringen rond haar roodomrande ogen zijn bijna zwart, alsof ze al een eeuwigheid geen oog meer heeft dichtgedaan.

'Ik vind het zo erg,' stamel ik met een dikke strot.

'Ja.' Ze staat wat weifelend in de deuropening. 'Ik zou je wel even binnen willen vragen, maar de begrafenisondernemer is er om de laatste dingen voor de uitvaart door te spreken. Misschien kun je later terugkomen? Anouk vindt het vast ook fijn om je even te zien.'

Shit, als ik me nu laat wegsturen, dan valt mijn hele planning in duigen.

'Eh, ik weet eerlijk gezegd niet of het me lukt om op een later tijdstip terug te komen. Ik woon en werk tegenwoordig in Italië en ben in Nederland op zakenreis. Het is echt een bliksembezoek.' Ik houd het bewust een beetje vaag.

'O, dat is lastig. Ik snap het, maar...'

'Zou ik anders even in Ricks kamer mogen wachten tot je klaar bent met de begrafenisondernemer? Daar liggen zoveel mooie herinneringen. Hij en ik hebben onze relatie nooit echt goed kunnen afronden en dat is na zijn verdwijning altijd aan me blijven knagen. Ik had ook geen flauw idee dat hij in Thailand zat. Of eigenlijk, ik wist niet eens dat hij überhaupt nog leefde.'

Ik kijk Mia strak aan, maar kan aan haar gezicht niks aflezen. Ze lijkt dwars door me heen te kijken, naar iets wat alleen zij kan zien, en even denk ik dat ze is vergeten dat ik voor haar sta.

'Mia?' vraag ik.

'Anouk en ik wisten al die tijd dat Rick in Thailand zat,' zegt ze ineens zachtjes, terwijl ze beschaamd naar de grond kijkt. 'Op zijn uitdrukkelijke verzoek hebben we dat met niemand gedeeld, ook niet met jou.'

Hoewel het geen nieuws meer voor me is, doet het nog steeds pijn om te horen. Ik knik met mijn hoofd en weet in eerste instantie even niet wat ik moet zeggen. 'Weet je ook waarom?' vraag ik na een tijdje.

'Hij zei dat het voor je eigen veiligheid was. Sorry, Lotte, ik heb je nooit willen kwetsen en hij ook niet.'

Ze kijkt me recht aan en gek genoeg vind ik haar op dat

moment een van de dapperste vrouwen die ik ken. Het ontroert me dat ze het lef heeft om me onomwonden de waarheid te vertellen en haar excuses aan te bieden terwijl ze zo kwetsbaar is.

'Rick is altijd van je blijven houden en het was nooit zijn bedoeling om je in de steek te laten. Hij kon niet anders, dat weet ik zeker. Mijn Rick was een goede jongen.'

'Ik moet dit allemaal even op me laten inwerken,' zeg ik timide.

'Ga maar even naar zijn kamer. Als jij denkt dat dat helpt...' Ze zet een stap opzij om me binnen te laten.

Het cellofaan om de bos bloemen in Mia's handen ritselt als ik erlangs loop en de smalle gang binnenstap. Op dat moment gaat de kamerdeur open en steekt een jonge vrouw haar hoofd om de hoek.

'Kom je, mam, de begrafenisondernemer zit een beetje op hete kolen omdat hij zo weer een andere afspraak heeft.'

'Noukie?' flap ik eruit als ik Ricks jongere zusje herken. 'Wat ben je groot geworden.'

Het meisje met de vrolijke staartjes is een knappe jonge vrouw geworden. Net als haar moeder moet ze eerst goed kijken voordat ze me herkent.

'Lotte! Wat doe jij nou hier?' Ze vliegt me om de hals.

'Gecondoleerd met het overlijden van Rick.' Ik knuffel haar terug en ze begint te huilen.

'Sorry, ik ben nogal emotioneel de laatste dagen,' snottert ze in mijn nek. 'Het zijn zulke verdrietige tijden. Ik mis hem zo.'

Ik huil met haar mee, ik kan niet anders. Mia slaat een arm om ons heen en houdt ons troostend vast, terwijl ze haar eigen verdriet probeert te verbijten om ons tot steun te kunnen zijn. Alsof het zo afgesproken is, laten moeder en dochter me op hetzelfde moment los.

'Lotte wil even naar Ricks kamer om op haar eigen manier afscheid van hem te nemen.'

'Natuurlijk,' zegt Anouk knikkend terwijl ze de hand van haar moeder pakt. 'Dan ronden wij het gesprek met de begrafenisondernemer even af.'

'Je weet de weg toch nog wel?' vraagt Mia.

Ik knik.

Het is alsof ik twaalf jaar terugga in de tijd als ik Ricks oude kamer binnenstap. Zijn geur is verdwenen, maar verder is de kamer nog precies zoals toen ik hier op mijn zestiende voor de eerste keer kwam. Dezelfde posters van artiesten en voetballers aan de muur, hetzelfde grijs gestreepte dekbedovertrek waar ik zo vaak onder heb gelegen. Het voelt vreemd om hier nu zo zijn domein binnen te lopen, terwijl hij zelf niet aanwezig is. Ook al heeft hij het me zelf gevraagd in de brief die ik een paar dagen geleden van hem heb ontvangen, ik voel me een indringer. Een stiekeme bezoeker die elk moment betrapt kan worden en als een schoolkind voor straf de gang op wordt gestuurd. Naast de stress spelen ook de emoties me parten en dat maakt het lastig om me goed te focussen. Toch zal het moeten. Ik ben hier met één doel en dat is die kluis vinden.

Ik laat me op mijn knieën zakken en kijk onder het bed dat al zo lang onbeslapen is. De vloer is brandschoon en leeg. Systematisch begin ik daarna met het doorzoeken van zijn bureau. Elke la, elk kastje trek ik open, maar zonder resultaat. Ik til de matras van het bed op, kijk achter de gordijnen. Niks. Dat ik niet weet hoe groot de kluis is, maakt het extra lastig om een logische verstopplek te vinden.

Geconcentreerd zoek ik verder tot ik elke centimeter van zijn kamer heb bekeken en alleen de kledingkast nog overblijft. Als ik de kastdeuren opentrek, zie ik zijn kleren keurig op een rij hangen. Zijn shirts, overhemden, truien en trainingsjack. Alle broeken liggen keurig gevouwen op een plank. Even verdwijn ik in de illusie dat dit allemaal een boze droom is en dat hij elk moment kan binnenlopen. Het maakt me verdrietig en ik dwing de gedachte naar de achtergrond en zoek verder. Maar wanneer ik tevergeefs alle planken en vakjes in de kast heb bevoeld en gecheckt, begin ik de moed te verliezen.

Wáár heb je hem verstopt?

Mijn oog valt op het stapeltje schoenendozen dat achter tegen de kastwand staat. In de gauwigheid tel ik er een stuk of tien. Ik hurk neer bij de kast en til een voor een de deksels van de dozen. Alleen maar gympen, constateer ik teleurgesteld als ik de laatste doos heb bekeken.

Had je niet iets duidelijker kunnen zijn in je brief, Rick?

Ik ben de wanhoop nabij en ga aan zijn bureau zitten met mijn ellebogen op het blad. In gedachten zie ik Rick gebogen over zijn boeken zijn huiswerk maken. Hoe vaak heb ik niet naar hem zitten kijken als hij hier geconcentreerd bezig was? Ik kom overeind en laat mijn vinger langs de boekenplank gaan die boven zijn bureau hangt. Ik herken alle boeken, op eentje na. Het is een dik boek met een onopvallend zwart omslag. Op de rug staat in sierlijke zilveren letters *The New English Dictionary*. Engels was niet Ricks beste vak, maar ik heb hem dit boek nooit zien gebruiken.

Ik sta op en pak het woordenboek uit de kast. Het is zwaarder dan ik had verwacht, zelfs voor zo'n dik boek. Nieuwsgierig sla ik het open en dan kan ik nog net een schreeuw van blijdschap inslikken. In het boek zit een metalen kistje verborgen. Voorzichtig pak ik het uit het boek en leg het op het bureau. Het is een eenvoudig kluisje met bovenop een sleutelgat en godzijdank geen cijfercode of andere ingewikkelde beveiliging. Ik haal de ketting met het sleuteltje dat Rick me heeft gestuurd van mijn nek en open het deksel.

Wat ik precies had verwacht te vinden weet ik niet, maar dat ik hiervoor zoveel moeite heb gedaan voelt toch een beetje als een anticlimax. De inhoud is niks meer dan een stapeltje velletjes dat slordig uit een schrijfblok lijkt te zijn gescheurd. Ik sluit het kluisje, stop het weer in zijn schuilplaats en zet het boek weer op zijn plek. Daarna ga ik op het bed zitten en bekijk de velletjes papier. Ze zijn helemaal volgeschreven en ik herken Ricks handschrift. Ik begin te lezen.

Bij elke zin die ik tot me neem begin ik me beroerder te voelen. Verdriet, woede en afschuw wisselen elkaar in hoog tempo af. Als ik alles heb gelezen, moet ik een paar keer flink slikken om de misselijkheid te onderdrukken. Mijn mond voelt algauw droog aan. Ik weet nu waarom Sven zo boos was op Rick en waar hij zo naarstig naar op zoek is. Ik weet nu ook waar ik het kan vinden.

Ik prop de papieren in de zakken van mijn linnen broek en verlaat de kamer. Ik trek het niet om hier ook nog maar een seconde langer te blijven. Ik heb altijd de waarheid willen weten, maar nu heb ik daar spijt van. Het is allemaal nog veel erger dan ik dacht. Ik loop naar beneden en klop op de dichte woonkamerdeur voordat ik naar binnen loop. Mia en Anouk zitten naast elkaar op de bank en midden in de kamer staat een man met zijn rug naar me toe.

'Kijk, daar is ze al. Lotte was ook in de buurt, helemaal uit Italië.' Mia staat op en wijst naar me. 'Dat is toch toevallig, hè, dat jullie op hetzelfde moment komen aanwaaien.'

Ik sta als aan de grond genageld als de man zich omdraait. Hij tovert een grote glimlach op zijn gezicht. 'Inderdaad heel toevallig. Hé Lotte, dat is lang geleden. Ik zou willen dat er een leukere aanleiding was om elkaar weer te ontmoeten. Gecondoleerd met Rick.'

Sven – of Danny, zoals ik hem de laatste tijd ben gaan noemen – komt met open armen op me afgelopen en omhelst me. Mijn armen blijven slap langs mijn lichaam hangen en ik moet me bedwingen om hem geen knietje te geven. God, wat haat ik die man, na alles wat ik zojuist heb gelezen nog meer dan ik al deed.

'We vertrekken zo samen, ik ben gewapend,' fluistert hij in mijn oor.

20

Samen met Sven loop ik naar zijn auto. We hebben net afscheid genomen van Mia en Anouk. Ze hebben er geen idee van wat er allemaal speelt en dat hij me net midden in hun woonkamer heeft bedreigd. Ze lieten me pas gaan nadat ik plechtig had beloofd dat ik op Ricks begrafenis, over drie dagen, aanwezig zou zijn.

'Doe alsof we het gezellig hebben,' sist Sven me nu toe, terwijl hij het portier voor me opent. 'Jij rijdt, dan weet ik tenminste zeker dat je geen geintjes uithaalt.'

Ik zwaai nog een keer naar Anouk en Mia, terwijl ik een geforceerde lach op mijn gezicht tover. Daarna kruip ik met grote tegenzin achter het stuur. Even overweeg ik te zeggen dat ik geen rijbewijs heb, maar ik weet nu al dat Sven daar niet in trapt. Welke uitvlucht ik ook verzin, hij zal het niet accepteren. Hij heeft een punt. Als ik zelf achter het stuur zit, is de kans kleiner dat ik een stunt uithaal. Het wapen dat hij bij zich heeft zal me braaf en volgzaam maken.

'Rijden,' zegt hij.

Hij grist een jack van de achterbank. Ik vang een glimp op van een pistool op zijn schoot, voordat hij het jasje eroverheen legt en het wapen op deze manier afschermt van de buitenwereld.

'Waarnaartoe?'

'De straat uit en daarna hoor je het wel weer.'

Ik zet de auto in z'n achteruit, maar laat van de zenuwen de koppeling te snel opkomen. De motor slaat af.

‘Geen geintjes,’ zegt hij zachtjes, terwijl hij blijft glimlachen naar Mia en Anouk. ‘Anders loopt dit heel erg slecht voor je af. En ook voor die twee daar.’

Met trillende hand start ik opnieuw. Deze poging lukt wel en hortend en stotend weet ik de auto de straat uit te krijgen. Op Svens aanwijzingen rijd ik daarna naar een buitenwijk van Zwijndrecht, waar een foeilelijk flatgebouw uit de grond is gestampt. Sven ziet me kijken.

‘Je kunt er beter in wonen dan ertegenaan kijken,’ zegt hij nonchalant. ‘Niet iedereen kan het zich permitteren om een paleisje in Italië aan te schaffen. Maar mijn tijd komt nog wel en daar ga jij me bij helpen.’

Hij geeft me een venijnige tik tegen mijn achterhoofd en ik moet moeite doen om de auto recht op de weg te houden. Op een haar na schamp ik de stoeprand.

‘Klootzak,’ mompel ik.

‘Parkeer hier ergens.’ Hij wappert met zijn vrije hand naar het parkeerterrein voor de flat, waar slechts een paar auto’s staan.

Ik rijd de auto het eerste het beste parkeervak in en trek de handrem aan. De motor zet ik uit, maar de sleutel laat ik in het contactslot zitten. Dan klik ik mijn gordel los en gooi de deur open. Sven grijpt me echter bij mijn haren als ik uit wil stappen en er trekt een scherpe pijn door mijn hoofdhuid.

‘Au!’

‘Rustig jij. Je blijft zitten totdat ik ben uitgestapt.’ Hij geeft weer een harde ruk aan mijn haren en het kan niet anders dan dat er wat wortels loslaten. ‘Begrepen?’

‘Ja,’ piep ik, terwijl ik om me heen probeer te kijken. Is er niemand die me kan helpen? Voor de flat loopt een man met een hond. Onze ogen maken contact, maar hij wendt demonstratief zijn hoofd af en loopt door. Tot groot vermaak van Sven.

‘In deze buurt hebben we één gouden regel: horen, zien en zwijgen.’

Hij laat me los, trekt de sleutel uit het contact voordat hij uitstapt en slaat het portier dicht. 'Jouw beurt, kom er maar uit,' commandeert hij me.

Ik stap uit en sla het portier dicht.

'Lopen,' zegt hij.

'Moet je je auto niet op slot doen?'

Hij grinnikt dat eeuwige valse lachje van hem. 'Als ze wat uit mijn auto willen jatten of die hele auto willen meenemen, dan houden die lullige raampjes ze echt niet tegen. Scheelt een hoop zooi. En nu lopen, zei ik.'

Hij zet het pistool in mijn onderrug en duwt me richting het flatgebouw. Ik kan niks anders doen dan hem gehoorzamen.

De woonkamer in Svens flat is uiterst somber en sober ingericht, op een immense televisie na. Op de vaal geworden zwarte tweezitsbank ligt een controller van een PlayStation. In een van de zitkussens zit een flinke deuk. De vloerbedekking is afgesleten en heeft een bruinige kleur, evenals de ouderwets ogende fauteuil die in een hoek staat. Daar staat een klein smerig tafeltje bij waar je handen al van gaan plakken voordat je het hebt aangeraakt.

Sven loopt linea recta naar de koelkast en haalt er een biertje uit. Hij biedt mij er geen aan en ik ben blij toe. Ik ga nog liever dood dan dat ik hier iets moet aanraken, laat staan drinken of eten. Hij neemt een paar flinke slokken, laat een genoeglijke zucht horen en blijft even genietend staan.

'Wat doen we hier nou precies?' vraag ik. 'Ik neem aan dat ik hier niet ben om jou bier te zien drinken.'

'Wat deed je op Ricks kamer?'

'Gewoon, herinneringen ophalen aan vroeger. Afscheid nemen.'

'*Back to the good old days*... Ik geloof er geen reet van, Lotte-Claudette.'

Hij loopt naar de keuken, trekt een la open en komt met een setje handboeien terug. 'Armen op je rug.'

'Dat lijkt me niet nodig.' Ik blijf staan en kruis mijn armen demonstratief voor mijn lijf.

'Ik vraag het niet nogmaals.'

Dreigend legt hij zijn hand op het pistool achter zijn broeksband en ik besef dat ik hem zal moeten gehoorzamen. Tenminste, als ik nog kans wil maken om het er levend af te brengen.

Zodra ik mijn armen op mijn rug heb, voel ik de handboeien mijn polsen strak omklemmen. Een klik en ik kan geen kant meer op. Terwijl hij achter me staat, beginnen zijn handen mijn lijf te betasten. Ik verstijf. Zijn handen gaan via mijn borsten naar mijn kruis en blijven daar even liggen.

'Ik heb je altijd al een lekker wijf gevonden,' fluistert hij.

De tranen springen in mijn ogen en mijn ademhaling is oppervlakkig en snel. Ik wist niet dat de fysieke signalen van opwinding en angst zo dicht bij elkaar lagen en ik hoop maar dat hij die twee niet door elkaar haalt. Ineens verplaatsen zijn handen zich naar de zakken van mijn zomerbroek en voor ik het weet, vist hij de brief die ik in Ricks kamer heb gevonden eruit.

Shit.

'Wel, wel, wel, wat hebben we hier.'

'Afblijven, dat is privé,' sis ik hem wanhopig toe. Als hij die brief leest, weet hij meteen hoeveel ik weet en hoeveel belastends daar over hem bij zit. Mijn kansen om hier ongeschonden uit te komen, worden met de minuut kleiner.

Met een triomfantelijke grijns op zijn gezicht vouwt hij de papieren open.

'Ik weet dat je Linda Verdonk hebt vermoord!' schreeuw ik om hem af te leiden, maar hij verblikt of verbloost niet. Zijn ogen vliegen over het papier.

'Ik wist het wel,' zegt hij na een paar minuten als hij eindelijk klaar is met lezen. Hij gooit de brief van zich af en bokst als een overwinnaar in de lucht. Dan richt hij zich tot mij. Hij grijnst.

'Jij gaat vandaag al mijn problemen in één klap oplossen. Eindelijk krijg ik waar ik recht op heb.'

'Jij hebt helemaal nergens recht op, behalve een levenslange gevangenisstraf. Wat mij betreft mag je rotten in de hel voor wat je hebt gedaan.'

'Doe eens lief,' zegt hij smalend. 'Want volgens mij ben jij niet in de positie om ook maar iets te vinden of te zeggen.'

Hij lacht als ik probeer mijn polsen uit de handboeien te bevrijden. Dan pakt hij mijn kin vast en dwingt me om hem recht aan te kijken.

'Wij gaan hier samen wachten tot het donker is en dan gaan we schatzoeken. Als je je netjes gedraagt en doet wat ik zeg, dan scheld ik je misschien een gedeelte van de misgelopen rente kwijt die Rick me nog verschuldigd is over het totaal. In tien jaar loopt dat flink op, weet je. Ik had het niet achter jou gezocht. Ik had je braver ingeschat.'

'Ik weet niet waar je het over hebt!' Zijn greep op mijn kin is pijnlijk en de woorden komen vervormd uit mijn mond.

'Lieg niet! Ik wist dat je ver zou gaan voor Rick, maar criminele zaken...' Hij klakt met zijn tong en laat mijn kin weer los. 'Je hebt me echt verrast.'

'Ik heb niks te maken met wat Rick heeft gedaan. Ik wist niet eens waar hij was of dat hij überhaupt nog leefde totdat jij die e-mail stuurde. Ik had al tien jaar geen contact meer met hem.'

'Waarom zou ik je geloven?'

'Omdat ik de waarheid spreek.'

'Hmm. Weet je dat hij het in eerste instantie allemaal voor jou heeft gedaan? Hij wilde je een goed en luxe leven geven. Samen naar het buitenland om jullie droom waar te maken. Die gozer was compleet lijp van je, tot op het laatst trouwens.

Het was gewoon zielig hoe hij over je liep te orakelen in Thailand, hoe hij me smeekte om je met rust te laten. Maar uiteindelijk heeft hij je toch voor de bus gegooid, heeft hij je toch verraden. Liefde is kennelijk toch niet sterker dan pijn.'

'Je bent een monster.'

'Welnee, Lotte. Ik ben een zakenman. Dit is gewoon een transactie die moet worden afgehandeld.'

'O ja, waarom heb je hem dan vermoord? Toen je de informatie had die je wilde, had je hem toch kunnen laten gaan?'

'Vermoord? Ik? Hoe kom je erbij? Ik heb hem niet vermoord. Helaas, zou ik bijna zeggen.'

'En dat moet ik geloven? Hij is zeker vanzelf dood neergevallen. Lieg toch niet.'

Heel even is het stil en dan kijkt Sven op zijn horloge. 'Ach, waarom ook niet, ik kan je net zo goed vertellen wat er werkelijk is gebeurd. Want ik heb hem niet vermoord, Lotte, het was echt een ongeluk.'

Ik wil het niet geloven, wil het ook niet horen, maar ik ben machteloos, kan me niet verzetten tegens zijn leugens.

'Het begon ermee dat ik onze Ricky-boy naar een verlaten hutje had gelokt om, hoe zal ik het eens zeggen, een goed gesprek met hem te hebben.' Weer dat geniepige lachje.

'Je bedoelt dat je hem hebt gemarteld.'

'Ach, laten we niet gaan muggenziften over de details. Maar goed, alles ging volgens plan totdat het hem lukte, vraag me niet hoe, om te ontsnappen. Ik was heel even naar buiten gegaan om een sigaretje te roken, omdat hij was flauwgevallen tijdens ons gesprekje, en toen ik terugkwam reed hij net slingerend en al weg op zijn scooter. Met negen vingers is het kennelijk toch lastiger om te sturen, wie had dat ooit gedacht.

Enfin, ik moest natuurlijk achter hem aan, want ons gesprek was nog niet ten einde. Rick had me nog niet alle details verteld, wat ook de reden is dat jij en ik nu hier samen zijn – maar dat terzijde. Ik ging dus op mijn scooter achter hem aan en haalde hem al snel bij, en toen ging Rick dus in de fout. We naderden een kruising en vlak daarvoor keek hij nog even over zijn schouder om te zien hoe dichtbij ik al was en toen was het ineens BOEM!'

Met zijn vlakke hand slaat Sven op het koffietafeltje en ik krimp in elkaar.

'Auto van links. Einde Rick. Ik zag meteen dat er niks meer aan te doen was. De bestuurder van de auto lag er ook niet al te fris bij, was buiten bewustzijn, en dat was dan weer een geluk bij een ongeluk. Geen loslippige getuige die mij op de *crime scene* had gezien. En verder was er niemand op de weg, dus ik ben op mijn gemakje teruggereden naar die hut, heb alles spic en span gemaakt, dat vingertje ingepakt, en heb toen het land verlaten.'

'En toen heb je mij opgezocht in Italië...'

'Inderdaad. En nu zitten we hier. En ik geloof nog steeds niet dat jij niks van Ricks plannetje af wist.'

Ik zie de dreigende blik in zijn ogen en besef dat de situatie elk moment weer kan escaleren. Heel even is hij rustig geweest, maar lang zal dat niet meer duren. Ik moet hem zien af te leiden.

21

'Wat is er tien jaar geleden precies gebeurd, Sven? Rick heeft in die brief niet het hele verhaal verteld, dat weet jij ook. Ik snap nog steeds niet hoe je het hebt gedaan. Hoe kon je op twee plekken tegelijk zijn? Je was bij ons tijdens de overval.'

'*I'm a fucking magician.*' Hij grinnikt en laat zijn handen voor mijn gezicht zweven, terwijl zijn vingers klauwende bewegingen maken. 'Het komt allemaal aan op een goede voorbereiding en een beetje misleiding. Weet je hoe vaak mensen aannames doen op basis van maar een heel klein beetje informatie? Als we onze hersenen een voorzetje geven, dan hebben ze de neiging om de hiaten die er nog zijn in te vullen. Daar heb ik een beetje gebruik, of eigenlijk misbruik van gemaakt. Ik heb keurig mijn neus laten zien bij de diploma-uitreiking en toen de boel op het punt van beginnen stond, ben ik de aula uit geglipt. Als je je ook maar iets om me had bekommerd, dan zou dat je zijn opgevallen. Maar nee, zoals altijd waren jij, Amy en Rick te druk met julliezelf bezig.'

'Je auto stond na afloop nog bij de school.'

'Kom op, Lotte, ik had je slimmer ingeschat. Ik had drie dagen daarvoor al een scooter in de buurt klaargezet en daarmee ben ik naar de juwelierszaak gereden. Alles was tot in de puntjes gepland, ik had zelfs aparte kleding mee voor de klus. Eerst dat lekker foute trainingspak dat jullie wel móést opvallen, en toen mijn werkkleding voor die avond. Het enige waar ik geen rekening mee had gehouden, was dat ik die twee thuis zou aantreffen. Daardoor liep alles uiteindelijk een beetje uit de hand.'

'Een béétje uit de hand?' Ik kan me niet langer inhouden. 'Je hebt Amy's moeder vermoord!'

'Het had zo simpel kunnen zijn,' gaat hij onverstoord verder. 'Via het dakterras achterom naar binnen, kluis zoeken, code intoetsen die ik uit Ricks telefoon had geplukt, blingbling inladen en kluis weer keurig afsluiten. Als alles volgens plan was gegaan, hadden ze niet eens gemerkt dat ik binnen was geweest totdat ze de kluis openmaakten.'

Het voelt als een klap in mijn gezicht. Natuurlijk heb ik al die tijd vermoed dat hij die kluiscode had verkregen omdat ik hem per ongeluk naar Rick had gestuurd, maar om hem dit nu hardop te horen toegeven... Ik bijt op mijn tanden, sluit mijn ogen, maar ik kan de tranen niet tegenhouden. Sven gaat zo op in zijn verhaal dat hij het niet eens in de gaten heeft.

'Maar toen waren ze dus wel thuis. Dat mens lag met migraine op bed en schrok zich kapot toen ik de slaapkamer binnenkwam. Ze begon meteen te gillen, waarop die kerel al snel kwam aanrennen. Hij gaf me een ros met een honkbalknuppel en toen ging dat pistool dus af.' Hij slikt even. Dan gaat hij weer verder, maar zijn stem klinkt nu dieper. 'Het was helemaal niet de bedoeling. Het had een clean klusje moeten zijn. Als zij niet over de rooie was gegaan en die vent er zich niet mee had bemoeid... Het was hún schuld. Waarom moest hij me boos maken door me met die knuppel te slaan? Ik bedoel, hij had toch ook gewoon kunnen gehoorzamen net als zijn vrouw? Zij verklapte binnen een paar tellen waar ik de kluis kon vinden, maar hij... Hij sloeg me, die klootzak. Niemand slaat mij. Niet na al die klappen die ik van mijn pa heb gehad. Wie mij slaat, kan klappen terugverwachten.'

Ik denk weer aan meneer Verdonk en hoe we hem vonden nadat Sven een paar 'klappen' had uitgedeeld. Dat was geen gewone boosheid geweest, dat was blinde woede. Hij had de man bijna doodgeslagen. Meer dan ooit besef ik waartoe Sven in staat is. Als zijn woede het overneemt, is er niets wat hem nog stopt. *Maak hem dus maar niet boos*, waarschuwt een stemmetje in mijn hoofd, maar dat is makkelijker gezegd dan gedaan. Ik ben nog nooit in mijn leven zo kwaad op iemand geweest als nu op Sven en ik weet niet waartoe ikzelf in staat ben als ik de controle verlies. Kan ik me hieruit kletsen door hem naar de mond te praten? Ik weet niet of ik dat kan. Of ik dat wil. Maar ik moet het toch proberen.

'En toen?' Mijn stem klinkt akelig rustig.

'Nadat ik die kluis had leeggetrokken, ben ik op mijn scooter gesprongen en naar huis gereden. Tegen die tijd ontving ik een sms'je van Rick dat Amy's ouders niet waren komen opdagen bij de diploma-uitreiking en dat jullie een kijkje gingen nemen. Ik heb me snel gedoucht, de kleren aangetrokken waar jullie me eerder die avond in hadden gezien en ben met de scooter terug naar de school gereden om mijn auto op te halen. Toen Rick me later weer sms'te wat jullie hadden aangetroffen bij Amy thuis en dat jullie in het ziekenhuis waren, ben ik daar op mijn gemakje heen gereden.'

'Wat heb je met de scooter gedaan?'

'In de buurt van de school achtergelaten en door een maatje in de Oude Maas laten dumpen. Het was een gestolen ding waar het framenummer keurig van was verwijderd. Toen de politie hem vond, konden ze er helemaal niks mee. Sukkels.'

'Hoe heb je Rick erbij betrokken?' Ik weet al hoe het zit door de brief die Rick me schreef, maar ik wil het van Sven zelf horen. 'Wist Rick dat je van plan was om de familie Verdonk te overvallen?'

'Wat denk je zelf, Lotte? Natuurlijk niet. Als het om jou ging of iets wat jou indirect zou raken, dan kon ik hem niet vertrouwen.'

'Maar je kon het uiteindelijk toch niet in je eentje af,' concludeer ik cynisch.

'Van tevoren had ik al bedacht dat ik die juwelen, zodra ik ze in handen had, een tijdje moest verstoppen totdat de rust zou zijn wedergekeerd en ik ze kon verpatsen. Ik kon ze moeilijk op mijn slaapkamer bewaren. Toen dacht ik aan die ergerlijke boottochtjes van Rick en jou in De Biesbosch en dat hij altijd zat op te scheppen dat hij het gebied dankzij jou zo goed had leren kennen. Weet je nog dat ik een keer ben meegegaan op zo'n tochtje, samen met Amy?'

'Hoe kan ik dat vergeten...'

Hij kijkt me vuil aan. 'Ik was er die dag niet bij voor de gezelligheid, maar om de boel daar eens te verkennen.'

'En, wat was je conclusie?'

'Uitstekende plek om iets een tijdje op te slaan. Dus toen heb ik Rick gevraagd om als een vriendendienst iets voor me te verstoppen in De Biesbosch, zodat ik het op een later moment zou kunnen ophalen. In eerste instantie zou ik met hem meegaan, maar er kwam iets tussen dus hij is alleen gegaan. Ik vertrouwde hem met mijn shit, weet je. Het is nooit bij me opgekomen dat hij me zou naaien. Maar toen ik een tijd later met hem meeging om de boel weer op te halen, was alles verdwenen. Hij was net zo in paniek als ik, beweerde bij hoog en bij laag dat hij nergens van wist. Ik geloofde hem, man, ik geloofde hem gewoon. Totdat dat politiebericht kwam dat ze een gedeelte van de shit hadden teruggevonden bij een heler in Antwerpen, en zelfs tóén was ik er nog niet van overtuigd dat Rick erachter zat. Hij bleef beweren dat hij nergens van wist en dat hij het zo erg vond dat hij me teleurgesteld had, zelfs toen ik een mes onder zijn neus duwde bleef hij dat volhouden. Hij was zelfs beledigd dat ik aan hem twijfelde en de vraag überhaupt aan hem stelde.'

'Dus daar ging die nachtelijke ruzie tussen jullie over, de dag voordat hij verdween.' Ik breng het als een constatering, niet eens als een vraag.

'Inderdaad.'

‘Wanneer had je door dat Rick tegen je gelogen had?’

‘Meteen toen de vogel gevlogen was. Die vieze vuile teringlijer.’

Van het ene op het andere moment slaat Svens stemming weer om. Woest snuivend loopt hij door de kamer en schopt tegen alles aan wat hij voor zijn voeten krijgt. Daarna smijt hij het halflege bierflesje kapot tegen de muur. Glasscherven vliegen in het rond terwijl het schuimende, zoete vocht van het slecht geplakte behang druipt.

Ik moet hem weer rustig zien te krijgen, denk ik, want anders loopt dit heel snel slecht af. ‘En jij had al die tijd, net als ik, ook geen flauw idee waar hij was?’

‘Nee!’ Al zijn frustratie en boosheid komen samen in dat ene woord. Hij zucht een paar keer diep en gaat dan weer wat rustiger verder. ‘Tien jaar lang heb ik gedacht dat ik hem en die buit nooit meer zou terugzien. Totdat ik een paar maanden geleden een vriend van vroeger tegenkwam die zei dat hij Rick vorig jaar had gespot op Phuket, en dat hij niet de indruk had dat onze vriend daar als toerist was. Vanuit Phuket heb ik hem toen weten te traceren naar dat Khao Lak.’

‘Waar je hem de dood in hebt gejaagd.’

Hij negeert mijn opmerking.

‘Toen ik hem daar opzocht, wist ik nog niet dat hij maar een klein gedeelte van de buit had meegenomen om een nieuw leven op te bouwen en dat de rest nog ergens in Nederland lag verstopt. Daar kwam ik pas achter nadat ik hem flink op zijn donder had gegeven. Hij brak nog sneller dan ik had verwacht en sleepte jou erbij. Als ik meer wilde weten, moest ik bij jou zijn.’

Hij draait zich om en kijkt me fel aan. ‘Dus als jij nog steeds wilt beweren dat hij alleen heeft gehandeld en jij nergens van af wist…’

Met drie stappen is hij bij me. ‘Misschien moet ik jou ook maar eens helpen je de dingen te herinneren.’

Hij rukt mijn zomerse instapper van mijn rechtervoet en neemt mijn grote teen tussen zijn duim en wijsvinger. *Wat heeft deze gek toch met vingers en tenen*, denk ik nog, maar dan knijpt hij zo hard dat alle gedachten spontaan vervliegen. De pijn is ondraaglijk en ik gil het uit. Kennelijk maakt hij zich niet druk om de buren, want hij laat me begaan. Ik kan wel janken en weet zeker dat de teen straks zal breken, maar dan laat hij ineens mijn voet weer los. Ik probeer mijn angst naar de achtergrond te duwen en mijn tranen in te slikken als ik antwoord geef op zijn vraag.

'Ik heb er echt niks mee te maken. Ik weet net zoveel als jij. Dat heb je toch kunnen lezen in die brief?'

'Lieg niet, Lotte! Je weet wél meer dan ik. Jij weet waar Rick de spullen verstopt heeft. Jij weet wat die cryptische omschrijving in die brief betekent!'

Hij heeft gelijk en ondanks de heftige pijn die ik nog steeds voel, kan ik een triomfantelijk gevoel niet onderdrukken. Hij heeft me nodig, wat betekent dat hij me de komende uren geen kwaad kan doen. Niet echt tenminste, want zonder mij vindt hij het restant van de gestolen juwelen nooit. En aan de blik in zijn ogen te zien realiseert hij zich dat ook maar al te goed.

Ik raap al mijn moed bijeen en kijk hem recht aan. 'Ja, ik weet waar Rick op doelde. Dus ik zou maar een beetje zuinig op me zijn. Blijf met je poten van me af.'

'Breng me niet op ideeën, trut.' Hij maakt zich op om uit te halen, maar zijn vuist blijft in de lucht hangen als het geluid van een telefoon klinkt. Geïrriteerd pakt hij zijn mobiel uit zijn broekzak en kijkt op het scherm. Voor het eerst zie ik zijn chronisch agressieve gezichtsuitdrukking veranderen in een blik van angst. Eén keer eerder heb ik deze blik gezien. Het was die keer dat hij samen met mij, Rick en Amy in die boot zat in De Biesbosch.

Hij doet een stap achteruit en neemt op. 'Gast, ik ben ermee bezig. Geef me nog een weekje, oké? Dan heb ik alles rond en lullen we nergens meer over.'

Er klinkt onverstaanbaar geschreeuw aan de andere kant van de lijn en Sven begint door de kamer te ijsberen. Ik bestudeer zijn gezicht en zie hem transpireren. Hij is doodsbang voor degene die hem belt. En dat begrijp ik heel goed, want hoewel de telefoon en het geschreeuw zijn stem vervormen, heb ik hem herkend.

'Ja, het hele bedrag. Vijf dagen? Dope van je. Echt top. Ik bel je.'

Hij hangt op en lijkt even helemaal van de wereld. Dan draait hij zich naar mij om en kijkt me verrast aan, alsof hij vergeten is dat ik er ook nog ben. Dat is het moment dat ik zeker weet dat mijn vermoeden juist is. Er is maar één iemand die hem zoveel angst kan inboezemen.

'Wat moet Sam Mooijman van jou?' vraag ik.

22

De duisternis is ingevallen, eindelijk. Ik ben de lange uren als gijzelaar in Svens huis redelijk ongeschonden doorgekomen. Slechts wat kleine ongemakken als stijve gewrichten en spieren van de ongemakkelijke houding waarin ik zit. Hoewel Sven zich een paar keer amper kon bedwingen, heeft hij me niet meer aangeraakt en me zelfs wat water gegeven en een stuk lauwe pizza gevoerd. Het liefst had ik alles in zijn gezicht gespuugd, maar ik moet zorgen dat ik op krachten blijf. Ik weet niet wat me precies te wachten staat en hoe lang het nog duurt voordat ik mijn vrijheid terug heb. Als dat sowieso gaat gebeuren.

Beetje bij beetje heb ik uit Sven weten te trekken wat er tussen hem en Sam Mooijman speelt. Waar het op neerkomt, is dat Sven enorme gokschulden heeft en dat de rekening vereffend moet worden. In geld of op een andere manier. Sam is in het afgelopen decennium uitgegroeid tot een grote jongen in het criminele circuit en wat de gevolgen van niet betalen zullen zijn, kan ik wel raden. Het terugvinden van de buit van de roofoverval van tien jaar geleden is voor Sven dan ook een must. Het is zijn laatste kans om zijn toekomst veilig te stellen. Voorlopig natuurlijk, want als hij een gokverslaving heeft zal het niet lang duren voordat hij weer in de shit zit. Niet dat dat mij ook maar iets kan schelen.

Het verbaasde me eigenlijk niet toen ik hoorde dat Sven nog steeds contact heeft met Sam Mooijman. In de tijd dat Rick en ik nog samen waren gingen die twee ook al met elkaar om, en met nog een paar van die foute vriendjes. Iedereen in het uitgaansleven van Dordrecht wist toen ook al dat Sam Mooijman hard aan de criminele weg timmerde. Rick was destijds niet bang geweest dat zijn vriend diezelfde weg zou bewandelen, want Sven was in wezen 'een goede jongen'. Maar ik had vroeger al mijn twijfels en die zijn nu bevestigd.

Ik moet even slikken als ik bedenk hoe verschrikkelijk Rick zich in Sven vergist heeft. Twee doden heeft Sven op zijn geweten – tien jaar geleden Amy's moeder en nu Rick zelf – twee mensenlevens die door zijn toedoen vroegtijdig zijn beëindigd. En wie weet wat hij verder nog allemaal op zijn geweten heeft, want het zou me niks verbazen als er meer speelt tussen Sven en Sam Mooijman dan alleen die gokschulden. Misschien is Sven wel directer betrokken bij de criminele praktijken van Sam dan hij wil toegegeven. Misschien werkt hij wel voor hem. Maar als dat zo is, hoe lang is dat dan al gaande? Zou Sven tien jaar geleden ook al met Sam zaken hebben gedaan? Is het mogelijk dat hij in opdracht van Sam Mooijman die overval...

'Wat sta je daar nou? Hup, de boot in.'

Ruw onderbreekt Sven mijn gedachten. We staan in Jachthaven Biesbosch te klooien met een boot met fluistermotor. Het ding ziet er niet bepaald betrouwbaar uit, maar ik ben niet van plan dat met Sven te delen. We moeten het er maar mee doen. Het enige wat ik wil, is dat hij zo snel mogelijk uit mijn leven verdwijnt zodat ik weer terug kan naar Bas en ons prachtige plekje onder de Italiaanse zon. Ik geloof namelijk nog steeds dat dat mogelijk is. Of eigenlijk: sinds vanmiddag geloof ik weer dat dat mogelijk is. Als alles lukt, want ik heb een plan.

'Kom op, schiet op.' Hij zwaait ongeduldig met zijn pistool.

Ik klim de boot in en doe geen enkele moeite om dat voorzichtig te doen. De boot schudt vervaarlijk en er klotst water over de rand. Ik kan me goed staande houden, maar Sven heeft daar waarschijnlijk meer moeite mee. Angstig kijkt hij naar de bewegende boot en het golvende water waar de drijvers op rusten.

‘Kom je nog?’ vraag ik lieflijk.

Hij gooit de ketting waarmee de boot vastlag op de bodem van de boot. Daarna volgen een zwarte sporttas en een spade; ze ploffen neer naast de roeispanen. De boot drijft een stukje bij de kant vandaan en ik laat het gebeuren. Sven maakt een haastige, ongecontroleerde sprong en belandt bijna tussen wal en schip. De boot slaat haast om en hij laat zich plat op de bodem neervallen om niet in het water terecht te komen. Als het allemaal niet zo ernstig was, zou ik lachen omdat het er zo komisch uitziet. Voordat hij de kans krijgt om zich te herpakken, gooi ik het gas al open. Het bootje schiet weg en het duurt even voordat Sven zich, met een krijtwit gezicht, op een van de bankjes heeft weten te hijsen. Hoopvol kijk ik naar zijn broeksband. Helaas is hij zijn pistool niet verloren tijdens zijn gestuntel. Hij ziet me kijken en richt de loop op mijn hartstreek.

‘Geen geintjes, want ik heb er geen enkel probleem mee om je neer te schieten.’

Nee, geen geintjes. Althans, nu nog niet, zegt het stemmetje in mijn hoofd.

De plek waar Rick in zijn brief op zo’n cryptische wijze naar verwees, is mij goed bekend. In tegenstelling tot Sven weet ik dan ook precies waar ik heen moet varen. De maan schijnt over het klotsende en golvende water en fungeert als een natuurlijke zaklantaarn. Onder andere omstandigheden zou je het als romantisch kunnen bestempelen, maar nu ziet het donkere water met zijn onzichtbare dieptes eruit als een broedplaats voor monsters. En het grootste monster zit bij mij in de boot. Wat me desondanks enigszins geruststelt, is dat dat monster kennelijk nog net zo bang is voor water als tien jaar geleden. *De zwakke plek van je tegenstander ontdekken is de eerste stap in het proces om hem te verslaan.* Maar dat pistool dat hij onveranderd en met wonderbaarlijk vaste hand op me gericht houdt, blijft me zorgen baren. Zolang hij dat ding in handen heeft, kan ik weinig beginnen.

Alsof ik hier gisteren nog heb gevaren loods ik ons door De Biesbosch, door open stukken en krappere, ondiepe geulen. De behoefte om een gesprek met Sven te voeren heb ik niet meer en hij lijkt het ook wel prima te vinden. De lucht is vochtig en heeft de bedompte geur van vervuild water dat nauwelijks stroomt. Rietstengels en struiken ritselen onheilspellend. Steeds als ik denk dat er een beest tevoorschijn springt, blijkt het slechts de wind te zijn die speelt met de begroeiing en mijn zenuwen op de proef stelt. Svens ogen schieten de hele tijd zenuwachtig heen en weer bij elk geluidje dat hij hoort, en wanneer een fuut kwetterend opvliegt vanuit een rietkraag, gilt hij net zo hard als ik. In de verte cirkelen een paar kraaien in de gloed van het maanlicht. Hun rauwe gekras gaat door merg en been.

Na ruim een halfuur lang kriskras door het gebied te hebben gevaren zonder enig commentaar van Sven, weet ik het zeker: hij heeft geen idee waar we zijn en of we al in de buurt komen van waar de buit zou liggen. Het geeft me een gevoel van macht dat hij compleet afhankelijk is van mij en van mijn kennis van het gebied. De adrenaline stroomt weliswaar nog steeds door mijn lijf, maar de angst en de wanhoop zijn wat afgenomen. Op het water sta ik aan het roer.

Ik vaar de boot een aftakking in die leidt naar een open stuk. Het water is daar in verhouding behoorlijk diep. Sven lijkt intussen toch wat ongeduldig te worden.

'We zijn er bijna,' laat ik hem weten. 'We moeten dit stuk nog overbruggen en dan is het daarachter ergens.'

Mijn hand wijst naar een plek in de verte.

'Als je maar opschiet,' bromt hij chagrijnig. 'Ik begin het goed zat te worden.'

Ik knik, want dat is wat hij van me verwacht. Dat ik gehoorzaam ben. Meegaand. Ongevaarlijk...

Aan zijn gezicht kan ik zien dat hij misselijk is van het geschommel van de boot. Hij is daardoor minder alert en dat is precies wat ik wil. Ik vaar naar het midden van de open plas en zet dan de gaskraan helemaal open. We schieten vooruit en na enkele meters geef ik plots zo'n slinger aan de stuurconsole, dat de boot als een gek rondjes begint te draaien.

'Hé, wat doe je?!' schreeuwt Sven, terwijl hij zich met één hand vastklampt aan de rand van de boot die in hoog tempo rondjes vaart. Hij probeert het pistool op me te richten, maar heeft beide handen nodig om zichzelf in evenwicht te houden. Het pistool valt uit zijn hand.

'Shit!'

Hij zakt voorover op zijn knieën en weet wonderbaarlijk snel naar het wapen te kruipen en het weer achter zijn broeksband te stoppen. Al die tijd probeer ik de boot met zo veel mogelijk vaart rond te laten draaien en ik kan zien dat Sven steeds misselijker wordt. Hij kruipt verder, op weg naar mij.

'Hou daarmee op, bitch!' schreeuwt hij, terwijl hij groen en geel ziet.

Ik laat het gas een beetje los en de boot komt iets tot rust, maar vaart nog steeds in de rondte. Het is voldoende om Sven de illusie te geven dat ik mijn sabotagepogingen heb gestaakt en hij kruipt steeds verder naar me toe. Hij grijpt weer naar zijn pistool en dat moment grijp ik aan om wild heen en weer te gaan wiegen, zodat de ronddraaiende boot ook nog eens begint te schommelen. Angstig grijpt hij zich weer met beide handen vast aan de rand van de boot en dat is het moment dat het wapen voor de tweede keer uit zijn handen glipt. Alleen komt het deze keer niet op de bodem van de boot terecht, maar stuitert het zo het water in.

Ik zie verbazing op zijn gezicht, gevolgd door woede. Met een schreeuw komt hij half overeind en dat is precies de houding waarin ik hem wil hebben. Ik stop met wiegen zodat de boot weer strak op het water komt te liggen terwijl we rustige cirkels draaien. Sven richt zich nu helemaal op en maakt zich klaar om op me af te duiken, maar voordat hij daartoe de kans krijgt, zet ik het gas weer volledig open en trek de stuurconsole helemaal om naar de andere kant. De boot lijkt even in verwarring – een seconde stilte voor de storm – en reageert dan op mijn commando. Met een schok schieten we de tegengestelde richting uit. Het is genoeg om Sven zijn evenwicht te laten verliezen. Hij kukelt over de rand en er klinkt een harde plons.

Wild met zijn armen zwaaiend komt hij boven en op de een of andere manier lukt het hem nog net om met één hand de boot te grijpen. In zijn ogen staat paniek te lezen en hij hoest en proest door al het water dat hij heeft binnengekregen. Snel zet ik het gas vast zodat de boot blijft doorvaren en daarna pak ik een roeispaan. Ik loop ermee naar het midden van de boot, waar Sven uit alle macht probeert weer aan boord te kruipen. Ik toren hoog boven hem uit. Hij steekt zijn hand uit naar de roeispaan. Hij denkt dat ik hem uit het water zal trekken. Ik zie de hoop in zijn ogen. Hoop die zachtjes dooft als hij erachter komt dat ik geen aanstalten maak hem te helpen.

'Ik kan niet zwemmen. Alsjeblieft.'

Hij probeert zichzelf omhoog te trekken uit het water. De woede die zijn vechtende lichaam van brandstof voorziet, is niet voldoende. De angst verlamt hem en het lukt hem niet om uit het water te komen.

'Je moet me helpen, Lotte. Ik hou het niet langer vol. Ik beloof je dat ik je niks zal doen. Echt.'

Ik kijk op hem neer in zijn benarde situatie en zou bijna medelijden met hem krijgen. Bijna.

'Vertel me eens,' zeg ik. 'Heb je spijt van wat je hebt gedaan? Hoe voelt het om een moordenaar te zijn?'

'Ja, ik heb spijt!' jammert hij.

Ik zie in zijn ogen dat hij het niet meent. Hij zal alles zeggen wat ik wil horen om zijn leven te redden, maar het betekent niks. Geen spijt, geen berouw. Helemaal niks.

'Hoe voelt het om een moordenaar te zijn?' vraag ik nogmaals. 'Geeft het een gevoel van macht, van onoverwinnelijkheid? Of is het iets anders?'

Ik por hem met de roeispaan in zijn schouder. In een poging om de riem te pakken laat hij één hand los en meteen begin ik de boot flink heen en weer te schommelen. Bijna glijdt hierdoor zijn andere hand ook van de boot en paniekerig klauwen zijn handen tot ze weer houvast hebben.

'Lotte, help. Ik kan niet meer. Ik heb het allemaal niet zo bedoeld.'

Het komt er zo verwrongen uit dat ik hem amper versta, maar de woorden snijden diep in mijn ziel. Hij heeft het niet zo bedoeld. Dat is het excuus dat hij gebruikt om te rechtvaardigen wat hij heeft gedaan. Amy's moeder: dood. Rick: dood. Amy's vader: getekend voor het leven. En Amy, mijn allerliefste vriendin Amy…

Ik heb het allemaal niet zo bedoeld.

'Laat ook maar zitten,' zeg ik. 'Ik kom er op een andere manier wel achter.'

Voordat hij doorheeft wat ik bedoel, sla ik keihard met de roeispaan op zijn vingers. Hij gilt het uit.

'Nee!'

Ik haal opnieuw uit. In een reflex trekt hij zijn handen weg en laat de boot los. Hij gaat direct kopje-onder. Met twee stappen ben ik terug bij de stuurconsole en terwijl Sven spartelend weer boven water komt, stuur ik de boot in een wijde cirkel om hem heen. Hij vecht voor zijn leven. Weer gaat hij onder en nu duurt het langer voor hij weer bovenkomt. Het is een strijd die hij niet kan winnen. Dat beseft hij zelf ongetwijfeld ook. Hij heeft het allemaal niet zo bedoeld en dit einde ook niet.

Ik geef gas bij en vaar bij Sven vandaan. Het gehoest en het geroep om hulp wordt zwakker, totdat het helemaal stopt. Pas dan kijk ik om en scan met mijn ogen het waterland om me heen. Op de plek waar Sven net nog te zien was, is het wateroppervlak tot rust gekomen.

23

Hoe voelt het om een moordenaar te zijn? Ik weet het antwoord op die vraag nu. Het voelt een beetje schizofreen. Grotendeels ben ik nog steeds dezelfde persoon die ik altijd ben geweest, maar een stukje van mij lijkt daarbuiten te staan. Een afsplitsing van mijn slechtere zelf die naar boven kwam omdat het niet anders kon. Met dat stukje kon ik Sven voor mijn ogen laten verdrinken zonder in te grijpen. Ik moest wel. Het was hij of ik.

Toen ik die uren met hem in zijn flat doorbracht, wist ik al dat hij me zou doden, hoe dan ook, ook al beweerde hij van niet. Ik zag het in zijn ogen, ik merkte het aan zijn loslippigheid. Ik wist te veel en zou altijd een gevaar voor hem blijven. Daarom moest ik voorgoed zwijgen. Dat was een rekensom die zelfs Sven met zijn beperkte hersencapaciteit kon maken. Zolang ik hem niet naar de buit had gebracht, had hij me nodig. Daarmee kocht ik tijd. Natuurlijk was ik nooit van plan om Sven naar de plek te brengen waar Rick het in zijn brief over had. Sterker nog, we zijn er niet eens in de buurt geweest. Ik was al die tijd van plan om naar dat diepere stuk te varen, omdat ik alleen op die plek de slag kon winnen. Het was een gok om ervan uit te gaan dat hij nog steeds niet kon zwemmen, maar het was mijn enige kans.

Nu hij voorgoed onder het wateroppervlak is verdwenen, voel ik opluchting. En nog iets anders, een gevoel van rechtvaardigheid. Amy's moeder is uitgestrooid in De Biesbosch en dat de man die haar heeft gedood daar nu ook zijn laatste rustplaats heeft gevonden, maakt voor mij de cirkel rond. Alsof alles wat door de overval is scheefgetrokken, weer een beetje rechter is gezet.

Vanaf Svens laatste rustplaats vaar ik rechtstreeks naar de plek waar Rick zijn erfenis voor me heeft achtergelaten. Daar aangekomen klim ik gewapend met de sporttas en spade uit de boot. Het is gek om weer op het eilandje te zijn waar we samen zoveel tijd hebben doorgebracht. De tijd heeft er niet stilgestaan. De grienden van toen zijn overduidelijk al lang niet meer gekapt en inmiddels uitgegroeid tot een welig tierend wilgenbos met schots en scheef staande bomen. Op de grond onder de bomen is alles volledig begroeid met mossen, brandnetels, springzaad, kattenstaart en zoet ruikende roze bloemen waar ik de naam niet van ken. Brandnetels prikken in mijn enkels en laten branderige jeukbulten achter. Ik probeer ze zo veel mogelijk te vermijden als ik me naar de grote es begeef die midden op het eilandje staat.

Het hart met onze initialen dat Rick in de stam heeft gekerfd, is nog steeds goed leesbaar. Het klinkt misschien raar, maar door dat herkenningsteken voelt het een beetje als thuiskomen. Aan de voet van de stam, recht onder het hart, zet ik de spade in de grond en begin te graven. Het is een zware klus en al snel druipt het zoute zweet dat van mijn voorhoofd komt hinderlijk in mijn ogen. Ik voel de blaren aan de binnenkant van mijn handen opkomen en mijn rug protesteert met pijnlijke steken. Ik negeer alle ongemakken en graaf stug door. Het gat wordt steeds dieper en na verloop van tijd begin ik me af te vragen of het wel zin heeft, of ik niet beter kan stoppen. Misschien is Ricks schat allang door iemand anders gevonden – tien jaar is een lange tijd om iets verborgen te houden.

Net als ik op het punt sta om op te geven, stoot de schep ergens tegenaan. Met hernieuwde energie graaf ik verder tot ik het voorwerp helemaal heb blootgelegd. Het is een waterdichte ton, zo eentje waar je je waardevolle spullen in doet om ze te beschermen tegen water als je met een kano op pad gaat. Ik ga er op mijn knieën voor zitten en probeer hem open te maken, maar het deksel klemt. Ik ruk eraan. Niks. Wrik het heen en weer. Nog steeds niks. Gefrustreerd geef ik er een klap tegen en daardoor springt het deksel eindelijk los. Ik houd mijn adem in, doe de ton open en... kan wel janken als ik de gestolen juwelen zie glinsteren in het maanlicht. Ringen en kettingen van goud en zilver. Armbanden en oorbellen. Diamanten en andere edelstenen. De buit waar het allemaal om te doen was. En hoewel ik een enorme opluchting voel, is er ook iets anders wat zich in mij roert. Ongeloof. Want is dit het nou? Een enorme rijkdom, jazeker, maar is het werkelijk zo waardevol? Na tien jaar weet ik nu eindelijk wat er destijds precies gebeurd is en waarom, en dat verhaal komt nu ten einde, maar de kern van dit alles zal ik nooit kunnen begrijpen. Die ene vraag zal altijd onbeantwoord blijven: hoe is het mogelijk dat dit waardevoller werd geacht dan een mensenleven? Dan meerdere mensenlevens?

Ik schud de sombere gedachten van me af en stop de inhoud van de ton in de sporttas. Daarna leg ik de lege ton weer terug in zijn vindplaats en gooi het gat weer dicht. Met gemengde gevoelens breng ik daarna de buit naar de boot. Het gevaar is geweken en de gestolen juwelen heb ik teruggevonden. Maar wat nu?

24

Ik sta bij de bagageband van het vliegveld van Perugia op mijn koffer te wachten als mijn telefoon gaat. Het is Amy. Ik heb haar niet meer gezien of gesproken sinds het vluchtige bezoekje aan haar juwelierswinkel. Ik kon het niet. Nu ik weet wat er precies is gebeurd, wie haar moeder heeft vermoord, wat Rick heeft gedaan, maar ook dat het allemaal begonnen is bij mij, kan ik haar niet meer recht aankijken zonder dat ze doorheeft dat er iets schort. Ik heb op mijn manier geprobeerd om iets goed te maken van de ellende die ik onbedoeld heb aangericht, maar haar de waarheid vertellen... Ik ben er op dit moment nog te laf voor en ik weet niet of ik ooit voldoende moed kan verzamelen om echt open kaart met haar te spelen.

Nu alle mensen die er verder van wisten niet meer leven, is het heel erg verleidelijk om te blijven zwijgen. De kans om met mezelf in het reine te komen door de waarheid te vertellen is verkeken sinds het voor Sven fatale boottochtje. Mijn geweten is sindsdien alleen maar zwaarder geworden. Het is een last die ik de rest van mijn leven met me mee zal moeten dragen en dat lukt me alleen maar als ik Amy en Bas niet kwijtraak. Daarom moet ik zwijgen.

Mijn telefoon blijft rinkelen en een paar medepassagiers kijken geërgerd mijn kant op. Op de valreep neem ik op.

'Lot!' tettert Amy's opgewonden stem in mijn oor. 'Ben je op je hotelkamer? Want dan kom ik nu naar je toe. Je raadt nooit wat er vandaag is gebeurd.'

'Ik ben net geland in Italië,' vertel ik met een stem die dik is van het schuldgevoel.

'Wát?! Ben je 'm gewoon gesmeerd zonder afscheid te nemen?'

'Sorry, Bas had me nodig in de B&B. Het was al heel hectisch toen ik vertrok en hij kon het niet langer in zijn eentje af,' lieg ik.

'En de begrafenis van Rick morgen dan? En je moeder?'

'Ik heb Mia en Anouk laten weten dat ik er morgen niet bij ben en ze een groot rouwboeket gestuurd. En mijn moeder voelt zich alweer een stuk beter. Maar vertel, wat is er aan de hand?'

'Het is zo bizar. Vandaag stonden er ineens twee rechercheurs op de stoep. Ze hadden een melding gekregen dat er bij de haven van De Biesbosch een auto stond met een zwarte sporttas met interessante inhoud. Ze zijn gaan kijken en de tip klopte. Wat denk je dat ze in die sporttas vonden?'

'Nou?' spoor ik haar aan.

'De juwelen die destijds werden gestolen en al die tijd spoorloos waren! Er zaten ook nog dingen uit mijn moeders privécollectie tussen. Tien jaar na dato, dat is toch niet te geloven?'

'Wow, dat is inderdaad niet te geloven!' reageer ik en ik probeer verbaasd te klinken. 'Ben je er blij mee?'

'Wat is dat nou voor rare vraag? Natuurlijk ben ik er blij mee! Klinkt misschien gek, maar het is net of ik een klein stukje van mijn moeder heb teruggekregen. Ik heb meteen een van haar lievelingsringen omgedaan en het lijkt wel of ik haar om me heen voel. Heel dichtbij.'

Op mijn gezicht verschijnt een grote glimlach. 'Maar ze weten dus niet wie die tip heeft gegeven?'

'Nee, maar ze weten wel van wie de auto is waar de buit in is gevonden. Dat raad je nooit!'

'Als ik het toch niet kan raden, vertel het me dan maar gewoon.'

'Van Sven.'

'Wát? Wat doet dat spul in zíjn auto?'

'Het vermoeden is dat hij iets met de overval van destijds te maken heeft gehad.'

'Maar hoe dan?'

'De politie is naar hem op zoek om hem dat te vragen. Tot nu toe is hij spoorloos, maar die komt vast wel weer een keer bovendrijven.'

Het is maar goed dat Amy mijn gezichtsuitdrukking op dat moment niet kan zien. Maar goed, Sven is dus nog niet gevonden en ik ben veilig het land uit. Zijn lichaam zal inderdaad letterlijk een keer komen bovendrijven, maar dan zal er geen aanleiding zijn voor de politie om te vermoeden dat het om iets anders gaat dan een gewone verdrinkingszaak. Ze zullen er niet veel tijd in stoppen en het onderzoek zal ongetwijfeld snel worden afgesloten. Precies zoals ik die middag in Svens flat had bedacht.

'Hé Amy, ik moet gaan want Bas staat op me te wachten. Ik bel je later, oké.'

'Beloof je me dat je snel een keer wat langer naar Nederland komt?'

'Dat beloof ik.' Ik klik het gesprek weg.

Op de bagageband circuleert nog maar één koffer, de mijne. Ik pak hem ervan af en verlaat de aankomsthal een stukje lichter dan ik er binnenkwam. Amy's telefoontje en haar blijdschap over de teruggevonden juwelen hebben mijn schuldgevoel een heel klein beetje kleiner gemaakt. Natuurlijk heb ik geen seconde overwogen om ook maar iets van Ricks erfenis te houden. Nadat ik de boot had aangemeerd in de haven ben ik naar Svens auto gelopen. Zijn filosofie om zijn auto niet op slot te doen, kwam me heel goed uit. Daardoor kon ik de tas met de juwelen zonder braaksporen in de auto leggen. Een telefoontje naar Meld Misdaad Anoniem was daarna genoeg om het balletje aan het rollen te krijgen.

Even heb ik nog aan Sam Mooijman gedacht. Naar het geld dat Sven hem zou terugbetalen om zijn gokschuld te vereffenen kan hij fluiten, maar ik vermoed dat hij daar niet echt mee zal zitten. Hij kon in eerste instantie natuurlijk niet toestaan dat Sven hem belachelijk zou maken door zijn schuld niet af te lossen, maar zodra hij erachter komt dat Sven is verdwenen – dat Sven dood is – zal hij neem ik aan zijn verlies nemen. Wat kan hij anders? En wat betreft de juwelen: ik zal nooit kunnen bewijzen dat Sam Mooijman iets met die inbraak te maken heeft gehad en het is ook niet meer dan een vermoeden, maar als dat echt zo is zal hij zich muisstil houden zodra hij hoort dat de juwelen terecht zijn. In theorie kan het voor hem alleen maar gevaar opleveren als Sven hem aanwijst als de opdrachtgever of als zijn partner, wat die relatie destijds ook was. Aangezien dat nooit zal gebeuren, hoeft Sam er alleen maar voor te zorgen dat hij zo ver mogelijk bij de juwelen vandaan blijft. Amy en haar vader hebben hun juwelen terug én lopen geen gevaar meer.

Ik stap naar buiten en terwijl ik me koester in de Italiaanse zon, komt Bas in de verte aanlopen. Als ik hem zie, kan ik me niet meer bedwingen. Ik ren naar hem toe terwijl mijn koffer honkend en bonkend achter me aan stuitert. Bas spreidt zijn armen en ik spring er zonder na te denken met volle overtuiging in.

'Nou, nou wat een begroeting,' mompelt hij, terwijl hij zijn evenwicht hervindt en ik me aan hem vastklamp.

'Ik heb je gemist,' fluister ik terwijl ik ontelbare zoentjes op zijn gezicht plant. Zachtjes duwt hij me van zich af.

'De auto staat wat lastig geparkeerd, dus...' Hij pakt mijn koffer en ik zijn hand. Samen komen we in beweging.

'Hoe was het met je moeder?'

'Precies wat je zei, niks aan de hand.'

Lachend schudt hij zijn hoofd. 'Verder nog avonturen beleefd?'

‘Nee. Nee, niks bijzonders meegemaakt,’ zeg ik vol overtuiging. ‘Jij?’

‘Ik heb niks bijzonders meegemaakt, maar wel iets bijzonders gemist,’ zegt hij, terwijl hij me tegen zich aan trekt.

De koffer die hij achter zich aan sleept slingert tegen mijn been en ik wankel. Voordat ik echter kan vallen, vangt Bas me op.

‘Weet je, lief,’ zeg ik tegen hem, ‘zolang jij me opvangt als ik val, kan ik de hele wereld aan.’

Hand in hand lopen we naar de auto. Onder de ruitenwisser zit een parkeerbon.

Ik moet lachen. ‘Dus dat is wat jij bedoelt met: “De auto staat wat lastig geparkeerd.”’

Hij trekt de parkeerbon onder de ruitenwisser vandaan en verscheurt hem in kleine stukjes die hij als confetti over me heen gooit. ‘Kom, we gaan naar huis,’ zegt hij dan.